COCKTAIL PETILLANT

© Sylvie Bascougnano novembre 2016.
Le code de la propriété intellectuelle n'autorisant, aux termes des paragraphes 2 et 3 de l'article L. 122-5, d'une part, que les « copies ou reproductions strictement à l'usage privé du copiste et non destinées à une utilisation collective » et, d'autre part, sous réserve du nom de l'auteur et de la source, que les « analyses et les courtes citations justifiées ou d'information », toute représentation intégrale ou partielle, faite sans le consentement de l'auteur ou des ayants droit ou ayants cause, est illicite (article L. 122-4). Cette représentation ou reproduction, par quelque procédé que ce soit constituerait donc une contrefaçon sanctionnée par les articles L. 335-2 et suivants du Code de la propriété intellectuelle.
Tous droits de traduction, de reproduction et d'adaptation réservés pour tous pays

Éditeur : BoD-Books on Demand, 12/14 rond point des Champs Élysées, 75008 Paris, France
Impression : BoD-Books on Demand, Norderstedt, Allemagne

ISBN : 978-2-322-01036-3

Dépôt légal : octobre 2016

Préface

Vous aimez les nouvelles ? Vous allez être servi ! Ce cocktail aux multiples saveurs vous fera voyager dans l'imaginaire débridé de l'auteur. Tantôt émouvantes, parfois humoristiques ou même fantastiques, ces vingt-cinq nouvelles vous séduiront d'autant plus qu'elles sont rédigées dans une écriture fluide ponctuée de dialogues pertinents. Alors, délectez-vous de ce cocktail détonant, mais surtout, gare aux chutes, car l'auteur en maîtrise l'art !

Régine FRANCHESCHI

Auteure de la série de romans Jeunesse

« Cacarinette en Provence »

Un grand merci à Régine pour ses conseils et son soutien tout au long de cette aventure.

LE PORTRAIT

Je suis passablement énervée. Je reviens des courses où j'ai perdu des minutes précieuses dans des files d'attente interminables. J'avais oublié que nous étions la veille de Pâques, et qu'il y avait de l'affluence partout.

Il m'a fallu attendre pour une place de parking, attendre pour qu'une vendeuse me renseigne, attendre pour régler ma note. Attendre, attendre, je n'ai fait que cela, attendre. J'ai horreur d'attendre.

Pendant ce temps, l'heure tournait, et ce soir, je reçois des amis. Comme à mon habitude, je veux être parfaite. J'aime les compliments, et je fais ce qu'il faut pour en obtenir. Mais là, je ne sais pas comment je vais m'en sortir. J'avais prévu de faire tant de choses. De plus, mon époux vient de m'appeler, il est retenu au bureau, alors que je comptais sur lui. Il m'a mise encore plus en colère. Il sait que j'ai besoin de son aide lorsque nous recevons. Ah, il va m'entendre lorsqu'il rentrera !

Mais que fait ce paquet sur le perron ? Les colis ne sont livrés que le matin, et de plus, je n'ai rien commandé. Quelqu'un est certainement venu le déposer pendant mon absence. Il a l'air bien emballé. Il n'y a aucune adresse dessus, ni destinataire, ni expéditeur. On dirait un cadre. Je n'aime pas les cadres ! Je n'ai pas le temps de l'ouvrir. Je vais le laisser là, et le déballerai plus tard. C'est peut-être tout simplement un petit plaisantin qui a voulu me jouer un tour. Quelle idée ! Je suis déjà bien en retard ainsi. Que s'imagine-t-il, celui-là ? Que je vais apprécier sa farce ? Ou alors, il est possible qu'il s'agisse de représailles de la part de Madame Valois, une de mes voisines. Elle a dit à mon mari ce matin, qu'elle n'avait pas apprécié ma façon de lui reprocher les divagations de son chat dans mon jardin, et qu'un jour je le regretterai. Que voulait-elle ? Que je lui porte des fleurs ? Si son chat me dérange, je suis quand même en droit de le lui dire ! Mais on verra plus tard. Tout d'abord, je dois ranger les courses et préparer le repas, il me reste si peu de temps...

Ce mystérieux empaquetage m'intrigue, malgré tout, il m'attire comme un aimant. Il me paraît suspect. Pourquoi est-il là, sans nom ? De quelle manière est-il parvenu jusqu'ici ? Et s'il n'était pas pour moi ? Comment le savoir ? Je ne peux m'empêcher de le fixer du regard. Je ne parviens à le laisser dans un coin de mon esprit pour plus tard. C'est plus fort que moi. Mue par un agacement indéfinissable, d'un geste, je déchire le papier kraft qui l'entoure. Même s'il ne m'est pas destiné, je suis en droit de l'ouvrir, après tout, il est arrivé chez moi.

Surprise, je découvre le portrait d'un beau jeune homme blond, aux traits fins. Je ne comprends toujours pas. Aucun mot ne l'accompagne. Pourquoi l'a-t-on déposé devant ma porte ? Bien qu'il me semble familier, je ne le reconnais pas. Qui est-il ? Ses prunelles scintillantes, dominant un océan turquoise, me troublent. J'ai la sensation qu'elles cherchent à communiquer. Que je peux être idiote !

Tout à coup… Mais je rêve … J'ai l'impression qu'il s'anime ! Je cligne des yeux afin de balayer cette hallucination. Mais non, il ne s'agit pas du fruit de mon imagination. Un sourire bienveillant se dessine sur son visage, ses mains se meuvent, émergent de la toile, se tendent vers moi, me saisissent, m'attirent. Je suis sidérée, tétanisée. J'aimerais bouger, réagir, mais n'y parviens pas. Une intense chaleur m'envahit, je commence à tourbillonner, je perds pieds, et me sens happée vers je ne sais quel horizon lointain.

Qu'arrive-t-il ? Mes pensées se perdent.

Je me retrouve dans une pièce blanche, petite, carrée, sans fenêtre, avec une seule porte. Le jeune homme du portrait est face à moi, en chair et en os. Il me domine d'au moins une tête. Je suis intimidée. Où suis-je ? J'essaie désespérément de me souvenir où j'ai bien pu le rencontrer. Je ne veux surtout pas lui montrer qu'il m'impressionne. Je commence à le questionner :

- Qui êtes-vous ?
- Peu importe, me répond-il.
- Mais si, c'est important. J'ai le sentiment de vous connaître. Que se passe-t-il ? Qu'est-il arrivé ? Où sommes-nous ?
- Vous avez été transportée dans une « Zone de Réflexion ».
- C'est quoi « une Zone de Réflexion » ? Pourquoi je suis là, et qu'est-ce que vous voulez ?
- Soyez patiente, même si cette aptitude vous est difficilement accessible. Chaque chose en son temps.
- Mais dites-moi au moins ce que je fais ici ?
- Vous êtes en état de mise en garde.

- Comment cela, en état de mise en garde ?
- Vous allez comprendre, suivez moi.

Avec une infinie douceur, il me prend la main, et m'entraine dans la salle à côté. Décontenancée, et soudain docile, je le suis. La pièce ne comporte qu'une fenêtre. Nous nous en approchons, et il me fait signe de regarder à travers. Il me semble que j'assiste à un spectacle. Je reconnais le décor. J'y remarque une voiture, la même que la mienne, sur le parking où je me trouvais deux heures auparavant. Un klaxon insistant se fait entendre, puis un coup d'accélération appuyée s'élève, signe d'impatience du conducteur, et puis un crissement de freins. Apparemment, l'automobiliste considère que la personne sur le point de quitter la place convoitée, n'est pas assez rapide. Je pense qu'il n'est pas très indulgent. Je n'ai pourtant pas l'impression qu'il soit là depuis longtemps. Je me dis que son attitude est vraiment grossière, voire impolie. Lorsqu'enfin il sort, ou plutôt qu'elle sort de son véhicule, je suis médusée. Elle, n'est autre que moi ! Je me tourne vers le jeune homme, la bouche ouverte sans qu'aucun son ne parvienne à en sortir. Il me sourit d'un air entendu et, sans un mot, me fait signe de continuer à observer. Je me vois, telle une folle, prendre un chariot en maugréant, et me diriger d'un pas accéléré vers le magasin, au risque de bousculer des clients, un peu moins pressés. Cette vision de ma personnalité me stupéfie. Je ne me sens vraiment pas fière. Nous quittons la pièce, et nous dirigeons vers une autre. La vue est différente. Cette fois, je suis à l'intérieur du magasin. Je cherche une vendeuse disponible, car j'ai un problème avec un article. Mon attitude est des plus désagréables. Je crie contre cette pauvre jeune fille, déjà occupée avec une autre cliente. Je suis encore moins fière de moi.

Dans la salle contiguë, hébétée, je découvre une nouvelle scène. Je suis à la caisse en train de singer la pauvre hôtesse qui a maille à partir avec un consommateur, et du coup me fait perdre du temps. Je m'entends lui parler de façon acerbe et très désobligeante. Vraiment, je n'aurais jamais admis une telle inconduite à mon encontre. Je rentre la tête dans les épaules. Je me sens penaude, contrite.

- Est-ce réellement moi ?
- D'après vous ?
- Je suis obligée d'admettre que oui.
- Vous voyez, vous avez déjà la réponse, me répond le jeune homme.

Je suis désolée, atterrée. Comme je peux être méchante ! Je ne m'apercevais pas de mon comportement vis-à-vis d'autrui. La honte me gagne. Je baisse la tête.

- Attendez, ce n'est pas terminé, ajoute-t-il.

« Qu'ai-je encore fait ? » Me dis-je. Je cherche désespérément dans ma mémoire.

Dans la pièce suivante, j'assiste à une conversation entre mon mari au téléphone, et apparemment un de ses amis :
« Non, j'ai tout loisir pour parler. Je n'ai pas envie de rentrer chez moi, et de retrouver ma femme qui va encore

me crier dessus quoi que je dise. Elle va me reprocher de n'être pas rentré suffisamment tôt pour l'aider. Elle me fatigue, et je commence à perdre patience. J'en ai marre de la voir toujours pressée, affolée, critiquer, diriger. On dirait qu'il n'y a qu'elle au monde. Elle n'était pas comme ça lorsque je l'ai connue. Je ne sais pas ce qu'il s'est passé, elle a changé. J'ai l'impression de vivre avec une étrangère. Ou alors elle cachait bien son jeu (…) Toi aussi tu avais remarqué qu'elle était ainsi ? (…) Non, je ne la supporte plus. Il va falloir que je lui parle, que l'on prenne une décision. Ça ne peut plus durer. (…)»

Des larmes coulent le long de mes joues. De mes deux mains je me bouche les oreilles. Je ne veux plus l'entendre. Je ne me rendais pas compte que j'étais en train de perdre mon époux. Je ne pensais pas manifester une attitude aussi mesquine envers les gens. Je ne voulais pas… Je me sens vraiment accablée. Que faire maintenant ? Les pensées se bousculent dans ma tête. Comment remédier à cet état de fait ?

Le jeune homme me ramène dans la première pièce, celle où je suis arrivée. « Vous voyez, me dit-il, vous vous trouvez dans une « Zone de Réflexion », dans tous les sens du terme. Vous êtes amenée à voir l'image réelle que vous donnez de vous-même, et à y réfléchir. Il s'agit de votre reflet conforme. Les instances vous donnent un avertissement. Vous n'en aurez pas d'autre. A vous de faire en sorte que cet intermède n'ait pas été inutile, et de vous corriger si vous le souhaitez. »

Un claquement retentit. L'espace d'un éclair, je me retrouve devant la porte de ma maison, mes paquets à la main. Le jeune homme a disparu, le tableau également. Ai-je rêvé ? Était-ce la réalité ? Je regarde ma montre, l'heure est la même que lorsque je suis sortie de mon véhicule. Mon imagination a dû me jouer un tour. Pourtant je sens mon visage humide. Je dois cependant me dépêcher.

Mais… le doute est en moi.

Et si finalement ce n'était pas une chimère ?

Dans un état d'esprit très différent, je m'active rapidement à ranger mes courses, et à préparer le repas. Lorsque mon époux arrive, je lui dis :

- Chéri, tout est prêt, je me suis débrouillée. J'ai simplifié mon menu en laissant de côté certaines choses. En définitive, ce n'est pas important si tout n'est pas parfait. Nous passerons une bonne soirée malgré tout, puisque nous serons entre amis.

Il me regarde, stupéfait :

- Tu vas bien ? me demande-il.
- Mais oui, mon chéri, tu sais, je t'aime.

Il me sourit, l'air ravi. Je me sens bien, tout à coup.

- Au fait, reprend-il, regarde la photo que ma mère m'a envoyée par mail au bureau, cet après-midi. Elle l'a retrouvée en faisant du rangement. C'est mon père lorsqu'il était jeune. C'est incroyable comme je lui ressemble là-dessus, n'est-ce pas ?

Je fixe la photo. Le visage est exactement le même que celui du portrait trouvé sur le perron. Je n'ai pas connu mon beau-père. Il a quitté notre monde lorsque mon mari était enfant.
Il me semble qu'il me fait un clin d'œil…

VENGEANCE

Voilà trente ans qu'il le connaissait. Il pensait même mieux le connaître que quiconque, son jumeau. Complices de toujours, ils avaient tout partagé dans leur vie, les joies, les peines, les espoirs, les secrets, jusqu'à l'âge de vingt-six ans.

Lorsque Damien quitta le cocon familial, pour convoler en justes noces avec Marie, Fabien prit la décision de s'assumer lui aussi, en se consacrant à sa passion des chiens de combat.

Les deux frères se voyaient souvent malgré tout, continuant à se confier mutuellement, sachant tout l'un de l'autre. Enfin, presque tout.

Un jour, Damien rentra chez lui plus tôt que prévu. Il voulait surprendre agréablement son épouse qu'il adorait. Ce fut lui le plus surpris, mais désagréablement surpris. Il trouva Marie et Fabien enlacés dans le lit conjugal ! Marie qu'il aimait tant ! Qui disait l'aimer plus que tout ! Les deux êtres qui comptaient le plus dans sa vie, ceux à qui il avait accordé toute sa confiance, l'avaient trahi.

Sans attendre la moindre explication, écœuré, Damien avait fui le domicile familial sur le champ. Ce qu'il avait vu était suffisamment éloquent. Il ne voulut plus rien savoir, ni de sa femme, ni de son frère.

La semaine suivante, Marie, rongée par la honte et le remord se défenestra. Elle laissa une lettre à l'attention de son époux dans laquelle elle expliquait que Fabien était arrivé à la maison et s'était fait passer pour lui. Elle avait bien remarqué quelques détails inhabituels dans son attitude, mais Fabien, très convaincant, et surtout très rusé, avait endormi sa méfiance. Il avait expliqué vouloir « ajouter un peu de piquant » dans leurs ébats amoureux, en se prêtant à un jeu de rôle. Elle y avait finalement adhéré, sans plus se poser de questions. Elle se sentait tellement humiliée depuis cette effroyable duperie, et ne pouvait plus supporter l'aversion de son mari. Elle se reprochait de n'avoir su découvrir la supercherie.

Damien avait tout pour être heureux, une jolie femme ex-mannequin, au caractère exceptionnel, un coquet pavillon en banlieue, un salaire de chimiste confortable, un frère avec qui il s'entendait parfaitement bien, trop bien peut-être. Et en une fraction de seconde, tout son univers s'était effondré.

Fabien l'avait trahi. Il avait détruit sa vie, et il ne pouvait lui pardonner. Toute l'affection, tout l'amour, qui les unissaient auparavant, s'étaient transformés en autant de haine. Haine perverse, car Damien avait juré de se venger. Une riposte lui était devenue nécessaire. Il fallait que son frère paye, ce n'est qu'ainsi qu'il pourrait retrouver la paix. Et il n'y avait qu'une solution pour assouvir son besoin morbide : le faire disparaître à tout jamais, comme Marie, sa bien-aimée, avait disparu. Il en fit sa priorité.

Pour ce faire, il élabora un plan. Puisque Fabien glorifiait ses chiens pour leur force, leur loyauté et leur fidélité exemplaires, contre toute attente, ce seraient eux qui le trahiraient. Il l'avait remplacé plusieurs fois auprès d'eux, lorsque celui-ci partait pour des présentations, ou des concours canins. Damien en connaissait suffisamment sur leur comportement. Ayant conservé la clé du chenil, il entreprit de les dresser à l'attaque, à l'insu de son frère. Attitude que ce dernier réprouvait totalement chez ses amis à quatre pattes. Pendant six mois, il s'introduisit dans l'enclos des molosses. Chaque nuit, il en sortait subrepticement trois, toujours les mêmes, et les ramenait au petit matin. Il fit tout ce qu'il put pour leur donner le plus de hargne possible.

L'année précédente, il avait remarqué que son propre chien ne supportait pas certaines essences de plantes, rapportées de son récent voyage au Mexique. Le moindre effluve parvenant à ses narines lui était insupportable, et il devenait très vite agressif. Damien avait expérimenté le phénomène au chenil, et observé la même attitude. Devant cette constatation, il avait exécuté des travaux en laboratoire afin d'approfondir la question, et ainsi, en maîtriser les effets. Il avait souhaité faire cadeau du résultat de ses recherches très prochainement à Fabien, ce qui, en exploitant intelligemment le procédé, aurait pu donner une certaine renommée à son élevage. Ce présent allait se transformer en une arme redoutable.

Lorsque son plan fut au point, il ne tarda pas à le mettre à exécution. Il rendit visite à son frère qui se confondit en excuses. Ils se réconcilièrent et tombèrent dans les bras l'un de l'autre. Fabien pensait être enfin pardonné. Il en profita pour emmener son jumeau examiner les chiens, en vue d'un conseil éventuel, confiant son souci à propos de trois d'entre eux qui se comportaient étrangement depuis quelque temps. Lorsqu'ils entrèrent dans le box, Damien sortit un vaporisateur contenant l'arôme remanié de la plante mexicaine, en aspergea son frère, et au même moment, d'une voix ferme, prononça le mot « ATTAQUE ! ». Fabien n'eut pas le temps de comprendre, encore moins de réagir. Les trois molosses se ruèrent sur lui et le déchiquetèrent. Damien retourna lentement vers la maison, saisit le téléphone, exécuta le numéro des pompiers et, prenant une voix affolée pour laquelle il s'était longuement entraîné, cria : « venez vite, je vous appelle de l'élevage de monsieur Délos, mon frère vient de se faire attaquer par ses chiens ».

Le temps que les sauveteurs arrivent, il n'y avait évidemment plus rien à faire. Damien fut interrogé par la police qui le trouva anéanti. Il n'avait pas de mal à se forcer, il lui suffisait de penser à tout le gâchis causé par ce que la jalousie pouvait déclencher.
L'enquête qui s'ensuivit conclut à un terrible accident dû, encore une fois, à des chiens dangereux, ce qui fit repartir la polémique quant à la détention de tels animaux.

Damien était enfin vengé.

Enfin, il pouvait tourner la page ! Il pensait que sa vie allait reprendre normalement.

Il n'en était rien.

Son épouse lui manquait, son frère lui manquait, la culpabilité le rongeait.

Quelque temps plus tard, il se suicida.

FAN DE FOOT

- Chéri, tu m'aimes ?
- Oui.
- Je ne te crois pas.
- Mais siiiii, voyons…
- Si c'était le cas, tu me le dirais autrement.
- Comment veux-tu que je te le dise ?
- Plus gentiment.
- Pourquoi, je suis méchant ?
- Oh, arrête de fixer ainsi l'écran quand tu me parles. Tu n'es pas méchant, mais tu ne mets pas de conviction lorsque tu dis que tu m'aimes.
- Et tu veux que je te le dise comment ?
- Je sais pas… autrement…
- Tu le sais pourtant que je t'aime.
- Peut-être, mais je suis sûre que si c'était la nouvelle voisine qui te parlait en ce moment, tu y ferais plus attention.
- Que vient faire la voisine entre nous ?
- J'ai bien vu que tu la regardais avec insistance.
- N'importe quoi ! Waououhh ! But ! But ! But ! Super, l'OM a marqué ! Tu as vu ? On est vraiment bons cette année !
- Ne change pas de sujet, s'il te plaît.
- Mais tu vois bien que je suis en train de regarder le match, fiche-moi la paix, à la fin !

- Tu essaies de noyer le poisson, je le vois. Je te parle de la voisine, MOI ! Et je sais que tu la lorgnes quand tu la vois dehors.
- Oh si tu veux… Quoi ? Le but est refusé ? Mais qu'est-ce que c'est que cet arbitre ? C'est pas vrai, il n'y avait pas faute ! Ça me dégoûte !
- Ah, tu vois, tu avoues !
- Qu'est-ce que j'avoue ?
- Que tu admires la voisine.
- Tu dis vraiment n'importe quoi ! Je n'ai jamais dit une chose pareille.
- Si, tu l'as dit !
- D'accooord… Allez, allez, allez… Mais qu'est-ce qu'ils ont, ce soir ? Toutes leurs actions foirent.
- Oh, écoute-moi un peu !
- Mais pourquoi tu éteins la télé ?
- Je te l'ai dit : je veux que tu m'écoutes !
- Tu m'énerves. Je n'ai jamais dit que la voisine était jolie. Je ne sais même pas quelle tête elle a. Je t'aime. Ça te va ? Rends-moi la télécommande maintenant.
- Ma mère me l'a dit.
- Qu'est-ce qu'elle t'a encore dit ta mère ?
- Que je devais faire gaffe, car la voisine était trop jolie.
- Ta mère dit n'importe quoi, comme toujours.
- Attention, ne t'en prends pas à ma mère.
- Je dis ce que je veux de ta mère. Elle est constamment là pour semer la zizanie entre nous. Bon, tu me la donnes cette télécommande ?
- Il ne s'agit pas de ma mère.

- Si, c'est le cas. Si ta mère ne te mettait pas toutes ces idées en tête ce serait mieux pour nous. La preuve !
- Ma mère est tout le temps de bon conseil pour moi. Heureusement que je l'ai.
- C'est toi qui le dis. Si tu continues ainsi tu vas lui ressembler, et là, oui, j'irai voir la voisine.
- Ah ! Elle te fait fantasmer, hein ? Avoue ! Avoue ! Tous les hommes sont pareils. Déjà mon père…
- Bon ça suffit. Tu as gagné. Déblatère comme tu veux. Appelle ta mère si tu veux. Et fais ce que tu veux ! Moi, je vais finir de voir le match chez mon copain Eric qui lui, a une femme calme, compréhensive et pas hystérique comme toi.

Et en plus… il parait qu'elle est copine avec la voisine !

A LA RECHERCHE DE MON AMOUR PERDU

J'avais rencontré Julien alors que je faisais des courses. Il m'avait accostée au rayon des fruits et légumes pour me demander quelle était la meilleure variété de pommes de terre à utiliser pour confectionner des frites. Je n'avais su lui répondre, étant moi-même profane en la matière. Nous en avions délibéré pendant au moins cinq minutes devant ces tubercules impassibles, pour finalement nous adresser au vendeur... qui n'en n'avait lui-même aucune idée ! Cela nous avait valu un interminable fou-rire. Et je ne sais trop comment, entre deux hoquets, nous prîmes rendez-vous pour dîner au restaurant le soir même.

A l'instant il m'avait plu. Sa façon de tourner en dérision le moindre fait, sa joie de vivre, sa petite fossette sur la joue droite lorsqu'il souriait, ses yeux noisette qui semblaient me déshabiller au moindre regard, son sourire aguicheur, sa tenue vestimentaire soignée et raffinée. Il conjuguait l'essentiel de ce qui était nécessaire pour apprivoiser la jeune fille sérieuse et réservée que je représentais. Il ne m'en fallut pas plus pour en tomber éperdument amoureuse.

Une semaine plus tard, il emménageait dans mon petit appartement.

Il m'avait dit « être dans les affaires » et m'avait assurée que celles-ci étaient « on ne peut plus légales ». D'emblée, il m'avait confié rechigner à parler de son passé douloureux d'enfant de l'assistance publique. Je respectais donc son souhait, en me défendant de lui poser la moindre question. Au final, je ne connaissais pas grand-chose de lui. Mes amis me mettaient en garde : « Tu ne sais pas d'où il vient, ce qu'il fait réellement dans la vie, ni où il va. Méfie-toi ! ». Mais je l'aimais, et il m'aimait, de cela j'en étais persuadée. Je l'aurais suivi au bout du monde.

Souvent, il s'absentait sans explications. Parfois un jour complet, deux jours, mais jamais plus. Il revenait toujours avec un cadeau, m'assurant que je lui avais manqué. Il était parti pour ses affaires et n'avait pas pu me prévenir. J'étais très patiente et compréhensive à son égard, c'est pour ce motif qu'il m'aimait. Il me l'assurait, et je le croyais.

C'est la raison pour laquelle, lorsqu'au bout d'une semaine entière d'absence, je commençais à vraiment m'inquiéter. J'avais bien essayé de le joindre sur son téléphone portable, mais je tombais directement sur sa boite vocale. Je finis par appeler les hôpitaux, les services de police, en vain.

« On te l'avait bien dit, qu'il repartirait un jour comme il était apparu », me clamaient mes « chers amis », se réjouissant de leur clairvoyance. Je ne pouvais me résoudre à son abandon. Toutes ses affaires étaient encore chez moi. Il n'avait rien emporté. C'était bien la preuve qu'il n'avait pas l'intention de me quitter. J'étais persuadée que quelque chose de grave lui était arrivé.

En fouillant dans ses poches, je découvris une pochette d'allumettes portant le logo d'une boîte de strip-tease. Qu'avait bien pu avoir à y faire Julien ? Cela ne lui ressemblait pas. Je décidais de m'y rendre le soir même. Peut-être que quelqu'un le connaissait. Jamais je n'étais allée dans ce genre d'endroit.

En entrant, mes yeux eurent du mal à s'habituer à la pénombre. Au centre, trois pistes étaient éclairées de projecteurs de couleurs, sur lesquelles se dévêtaient langoureusement des jeunes femmes au corps de rêve, tout en dansant le long d'une colonne de fer. La majorité de la clientèle, naturellement, était masculine.

« Seule ce soir, poulette ? » m'apostropha un homme d'âge mûr et, visiblement déjà bien éméché. Je l'ignorais, me dirigeais vers le bar, questionnant au passage quelques employées à demi-nues, en présentant la photo de Julien que j'avais pris soin d'emporter avec moi.

« Connaissez-vous cet homme ? » Leurs réponses négatives me confortaient dans l'idée que je perdais mon temps. J'étais persuadée qu'il n'avait jamais mis les pieds dans ce lieu.

Mon assurance vacilla lorsque le barman me répondit :

- Oui, je le connais. Il passe de temps en temps. Comment m'avez-vous dit qu'il s'appelle ?
- Julien. Je ne vous l'avais pas précisé.
- Oui, c'est bien lui. Il vous a laissée en plan ?
- Ça fait quelques jours qu'il n'est pas rentré, je m'inquiète.
- Ne vous en faites pas, il va, il vient. Il finira bien par revenir. Laissez-moi votre 06, et je vous contacte s'il se présente.
- Mon « 06 » ???

- Oui, votre numéro de portable.

Bien sûr, que j'étais bête ! Pensais-je. Je m'exécutais, et le lui donnais en toute confiance.

Le samedi suivant, au matin, je reçus un SMS. Le numéro était masqué mais il était signé de Julien : « Rejoins-moi à 12h30 au parc St Gabriel. Je te raconterai tout».

Enfin il me contactait ! Etait-ce suite à ma visite au night club ? Cela m'était égal. J'allais le revoir, c'était le principal. Le parc St Gabriel se trouvait à l'autre bout de la ville. Avec la circulation, il allait me falloir au moins trois bons quarts d'heure pour m'y rendre. Je me demandais malgré tout, pourquoi il me fixait un rendez-vous aussi loin. Avait-il des ennuis ? Je le craignais. Son texto me paraissait trop bref, trop mystérieux. Et puis, qu'avait-il à me raconter ? Je balayais hâtivement ces idées qui me dérangeaient. Il serait bien temps d'aviser lorsque nous nous retrouverions, d'ici peu, cela ne faisait aucun doute.

Je pris un soin particulier pour me préparer. Il m'inviterait certainement à déjeuner au restaurant, je devais lui faire honneur. Je partis une demi-heure à l'avance, la circulation vous jouant parfois des tours. Le parc n'était pas bien grand. Il ne possédait qu'une seule entrée. Je m'installais sur un banc face à celle-ci, ce qui me permettrait de le voir tout de suite, au moment de son arrivée. A 14 h 30, j'attendais toujours. Lui, si ponctuel, avait deux heures de retard. A 15h30, je fus obligée de me rendre à l'évidence, il ne viendrait pas. J'étais terriblement déçue. Qu'avait-il bien pu lui arriver ? J'essayais de le contacter à nouveau sur son téléphone, mais la voix d'une opératrice me répondit qu'il n'y avait plus d'abonné à ce numéro. La mort dans l'âme, encore plus inquiète, je décidais de rentrer chez moi.

La vue du spectacle qui s'offrit à mes yeux lorsque j'ouvris la porte de mon appartement me tétanisa. Un vrai désastre s'étalait devant moi. Tout avait été fouillé, retourné, saccagé. Que s'était-il passé ? J'étais anéantie. Je ne pus retenir mes larmes. Je me sentais seule, tout à coup, terriblement seule.

Deux agents de police vinrent effectuer les constats d'usage. On m'avait dérobé les bijoux que Julien m'avait offerts, la télévision, l'ordinateur, et quelques objets sans très grande valeur. Je parlais aux policiers de la disparition troublante de Julien, de son rendez-vous manqué, de ma visite au night club. J'essayais de leur faire admettre que, devant l'ampleur des dégâts, le ou les malfrats cherchaient quelque chose. Ils conclurent malgré tout à un cambriolage des plus banals, orchestré par le barman qui m'avait certainement fait suivre le soir où je lui avais rendu visite. Ils avaient l'intention d'orienter leur enquête de ce côté-là. Ils ne me le dirent pas franchement, mais je sentis que pour eux, tout était arrivé par ma faute.

J'essayais d'insister sur mes doutes « quant à une affaire certainement plus inquiétante ».

« Mademoiselle, cessez de regarder des films policiers », me répondirent-ils, laconiquement.

Plus les jours passaient, plus mon inquiétude grandissait. Je ne voulais pas en rester là. Quelque temps plus tard, je me résolus à contacter un détective privé. Il m'écouta avec attention, et me garantit que s'il y avait quelque chose, il le trouverait. Il me rasséréna. Je reprenais espoir. Mais il ne lui fallut pas plus de deux semaines pour me livrer l'issue de son enquête : Julien n'existait pas ! Je tombais des nues. J'avais utilisé mes économies pour m'entendre dire que l'amour de ma vie était un leurre ! Je m'attendais presque à ce qu'il me dise que j'avais imaginé cette relation. J'admis que Julien pouvait avoir décidé de changer de nom. Mais pour quelle raison ? Sans nul doute, il m'avait caché une partie très importante de sa vie. Qu'avait-il fait de si terrible pour avoir dû modifier son patronyme ? Etait-il bandit, terroriste ? Ou agent secret ? Cela faisait six mois que mes questions restaient sans réponses. Le « fameux limier dont on m'avait vanté les mérites » avait refusé de continuer ses investigations. « Vous me paraissez être une fille bien, m'avait-il dit, je ne veux pas abuser de votre naïveté ». Voilà comment les gens me percevaient : naïve !

Ils ne comprenaient rien !

Je tombais dans une grave dépression. J'avais perdu quinze kilos. Je n'étais plus que l'ombre de moi-même. Mes amis désapprouvaient et blâmaient ma réaction. Je finis par refuser de continuer à les voir. Les antidépresseurs m'assommaient mais ne m'aidaient en rien. Je ne parvenais pas à me détacher du souvenir de Julien. Je fis une tentative de suicide.

Finalement, on dut m'interner.

Dans ce grand et impressionnant établissement aux longs couloirs blancs, on s'occupait de moi. Je rencontrais un psychiatre tous les jours. Il était très compréhensif, très empathique, et surtout, ne me critiquait pas. Il ne jugeait pas Julien non plus. Je savais au fond de moi que je ne devais pas me mettre dans un tel état à cause d'un homme qui, au final, m'avait bel et bien abandonnée. Je commençais à me sentir mieux. Je participais à des thérapies de groupe. Puis, je fus autorisée à partager des activités telles que des jeux de société, ou des travaux manuels avec d'autres malades.

Ce jour-là, en m'accompagnant à la salle de loisirs, l'infirmière me dit : « Il faut que je vous avertisse : méfiez-vous d'Adrien ! Vous êtes une jeune et jolie fille, il va essayer de vous séduire, il est très fort pour ça. C'est un psychopathe pervers manipulateur. Il y a cinq ans, il a acculé sa femme au suicide et a mis le feu à sa maison. L'année dernière, le médecin l'a laissé sortir pensant qu'il était apte à reprendre une vie normale. Il a recommencé avec ses mensonges. Il s'est inventé une nouvelle identité et a pris le risque d'escroquer des personnes peu recommandables. Il s'est fait « tabasser ». La police l'a récupéré in-extrémis, il délirait totalement. Il a fallu l'interner à nouveau.

Vous êtes encore fragile, alors faites très attention. A le voir, on ne le croirait pas, on pourrait lui donner le Bon Dieu sans confession. »

J'écoutais d'une oreille distraite. L'histoire des personnes présentes dans cette salle ne m'intéressait pas.

Je n'avais absolument pas envie d'une nouvelle aventure.

La porte s'ouvrit… je reconnus Julien. !

UNE ETRANGERE AU VILLAGE

C'était un joli petit village d'Ardèche, à la limite du département du Gard, où d'habitude jamais rien ne se passait. Les habitants, peu nombreux, se connaissaient tous, et chaque sujet, aussi insignifiant fut-il, était prétexte à vive discussion. Une année, en début d'été, eut lieu un évènement qui donna matière à alimenter les conversations de cette communauté en mal de ragots, pour très longtemps.

Dans la vieille maison inhabitée depuis des années, la bâtisse du père Henry décédé depuis déjà quinze ans, et dont le fils unique était parti en claquant la porte après une violente dispute, celle qui se trouvait à la lisière de la forêt, venait de s'installer une vieille dame que personne ne connaissait. Que venait-elle y faire ? L'avait-elle achetée, louée, ou tout simplement la squattait-elle ? Le bruit courait que cette créature peu avenante venait d'Angleterre, ou même d'Amérique. Petite, maigre, un peu voûtée, elle affichait une allure vestimentaire assez atypique. Tous les jours, elle portait la même tenue : une chemise verte toute tachée et une longue jupe rouge délavée qui n'avaient jamais, semblait-il, été présentées à cet engin que l'on nommait « fer à repasser ». C'en était à se demander si cette bougresse ne dormait pas tout habillée, et si parfois même elle se lavait. Les plus médisants, affirmaient que « non ». Son visage, fermé, était très ridé. Il révélait des yeux bleuâtres éteints, un petit nez retroussé et une fine bouche dont la commissure tendait plus vers le bas que vers le haut. Cette dame possédait-elle un âge ? Oui, certainement, mais lequel ? Nul ne pouvait lui en donner. Certains avançaient le nombre d'au moins quatre-vingts printemps, d'autres, plus excessifs, lui en concédaient cent. On pouvait penser qu'elle avait dû être une belle femme, mais dans un passé très lointain. Nul ne savait d'où elle venait. Tout autour d'elle exhalait le mystère. Elle était le sujet principal dans les conversations des gens du village. Chacun ayant une explication plus extraordinaire que l'autre, quant à sa présence parmi eux : elle était tombée dans la folie et sa famille l'avait abandonnée pour ne pas assumer sa maladie ; elle avait tué quelqu'un et se cachait ; ou bien encore, elle souffrait d'une grave affection contagieuse et attendait la mort. L'imagination est source de bien des supputations, et peut aller très loin devant l'ignorance.

Elle ne parlait jamais, on pensait qu'elle était muette. Les villageois la toisaient avec mépris, pauvre hère. Ils se montraient suspicieux et méfiants. Elle ne souriait jamais, ne regardait jamais personne, était indifférente à tout ce qui se passait autour d'elle, même aux continuelles moqueries des jeunes enfants dont elle était devenue la risée.

Un jour, où justement ceux-ci s'acharnaient à l'injurier plus que d'habitude, l'un d'eux eut l'idée insensée de lui jeter des pierres, tout en la traitant de « vieille sorcière ». Elle accéléra le pas, se courbant un peu plus, mais ne protesta pas. Cependant, un projectile parvint à l'atteindre au visage, et la pauvre vieille, peu vaillante, et déséquilibrée sous le coup, tomba. Un léger filet de sang coula de sa tempe. Les garnements s'enfuirent. Emilie qui passait à ce moment et qui venait d'assister à la scène accourut afin de lui venir en aide. Elle l'aida à se relever en la soutenant fermement. Mais la grand-mère ne l'entendait pas ainsi. Elle voulait se débrouiller seule et essayait de se dégager de la poigne de la jeune adolescente. C'était compter sans la ténacité d'Emilie qui faisait preuve d'un caractère bien trempé. «Vous ne voyez pas dans quel état ils vous ont mise ? lui dit-elle. Allez ! Ce n'est pas le moment de faire votre sauvage. Je vous raccompagne chez vous, que vous le vouliez ou non. Je vais vous soigner et nettoyer votre figure. Vous êtes capable de rester ainsi en attendant que la prochaine pluie vous lave… Seulement, ici en été, il ne pleut pas souvent. Vous n'allez quand même pas sentir mauvais toute la saison ! De plus, votre plaie peut s'infecter». La pauvre femme se débattait. Non, elle ne voulait vraiment pas d'aide. Mais dans son état de faiblesse, elle ne pouvait résister très longtemps à la détermination de la jeune fille.

Depuis son arrivée, Emilie était captivée par cette mystérieuse personne. Son comportement l'intriguait. Elle était persuadée qu'elle n'était pas arrivée dans ce village par hasard. Elle devait assurément se cacher de quelque chose, d'un évènement, ou d'un individu. Mais ce qu'elle percevait par dessus tout chez cette femme, était un profond désarroi. Ses yeux éteints, avaient certainement été pétillants dans ses jeunes années. Elle arborait un regard maussade, pourtant la jeune fille ne s'y trompait pas.

La bâtisse qui autrefois respirait le bonheur et résonnait de rires à travers toutes les pièces offrait un spectacle de désolation. Les herbes folles s'en donnaient à cœur joie dans le jardin. Des volets de bois délavés tentaient de masquer les vitres brisées des fenêtres. La porte d'entrée, toute de guingois, fermait à peine. Quelques rais de lumière, parvenant à se faufiler à travers les persiennes mal en point, défiaient la désolation de l'intérieur. Une épaisse couche de poussière sur les vieux meubles témoignait des années d'abandon. Les araignées, maîtresses des lieux, avaient tissé leurs toiles de part en part de chaque mur, de chaque recoin. A l'approche d'Emilie, des souris étonnées, dérangées, mais surtout apeurées, s'enfuyaient dans tous les sens. Jamais la jeune fille n'avait vu dans sa courte vie un tel spectacle de désolation. Une incommodante odeur de moisi lui saisissait les narines. Elle frissonna. Comment un être humain pouvait-il vivre dans un tel endroit ? Cela faisait déjà deux mois que la vieille femme y avait élu domicile. Apparemment, elle occupait peu d'espace. Une seule pièce, à droite de l'entrée, sans doute celle qui servait de cuisine autrefois, était à peu près dégagée, et semblait accueillir un hôte. Comment allait-elle faire durant les frimas de l'hiver ? Surtout lorsque le mistral froid soufflerait, et s'insinuerait dans chaque interstice de la masure ?

Emilie détestait voir les gens accablés. Il ne faisait aucun doute dans l'esprit de la jeune fille, la vieille femme était malheureuse. Elle n'aurait pas aimé voir une de ses grands-mères dans cette situation, si elles avaient encore été de ce monde. Sans plus réfléchir, elle prit la décision de la sortir de sa torpeur et de lui redonner goût à la vie. C'est ce que cette petite entêtée essaya de lui faire comprendre. Mais aucun mot ne sortit de sa bouche en guise de réponse, aucune réaction ne se manifesta. Etait-elle réellement muette, ou avait-elle fait vœu de silence ? En tout cas, ce n'était pas cela qui allait décourager la jeune fille. Consciente de l'étendue de sa tâche, elle était déterminée à s'occuper d'elle. Justement, les vacances scolaires venaient de débuter.

Durant tout l'été Emilie s'activa. Le matin, elle se rendait à la mairie où elle était employée durant la saison d'été, comme agent d'entretien, afin de remplacer le personnel en vacances. L'après-midi, elle essayait d'enjoliver la vie de la vieille dame qui avait fini par capituler devant tant de ténacité. Elle l'avait d'abord contrainte à se laver régulièrement, et s'appliquait à lui faire porter des vêtements propres. Elle avait découvert plusieurs valises de ses effets personnels. Au milieu de ceux-ci, elle avait également trouvé des photos. L'une d'elles représentait une famille : une belle femme lui ressemblant énormément, ainsi qu'un homme et deux enfants. Le cliché paraissait récent, Mégane en avait conclu qu'il devait s'agir de sa fille, son gendre et ses petits-enfants. Peut-être étaient-ils fâchés, l'avaient-ils abandonnée, ou avait-elle perdu la mémoire, plus simplement. Tout paraissait possible. Autant de questions auxquelles la jeune fille aurait bien aimé connaître les réponses. Mais elle sentait qu'il ne fallait rien brusquer, il fallait attendre, d'abord lui redonner confiance, lui rendre le goût à la vie. Ainsi, elle pourrait un jour retrouver les siens. Emilie en était convaincue et cette seule pensée la motivait devant l'énorme mission qu'elle s'était fixée.

Elle avait délogé les araignées, retiré les toiles, chassé les souris, essuyé la poussière, et tout récuré du sol au plafond. Au début la vieille dame avait hoché la tête en signe de contestation, puis avait laissé faire, observant, et finalement avait financé certains travaux. Elle communiquait par gestes, mais jamais un sourire ne vint illuminer son visage, jamais elle n'affichait la moindre satisfaction. Emilie avait fait rebrancher les compteurs d'eau et d'électricité. Pour certaines tâches, elle avait eu recours à son père, toujours de bon conseil. Tout en travaillant, intarissable, elle racontait sa vie à l'aïeule, sa famille, ses aspirations. Son papa était ouvrier dans une petite usine de la ville d'à côté. Sa maman faisait des ménages chez des particuliers afin de « mettre du beurre dans les épinards ». Ils n'étaient pas très riches, néanmoins ils ne manquaient de rien. Ils ne partaient pas en vacances mais n'en prenaient pas ombrage, ils étaient heureux malgré tout. D'emblée, ses parents avaient été d'accord avec l'idée de leur fille d'intervenir chez « Grand Ma », nom qu'Emilie lui avait attribué, faute de mieux. Ils préféraient la voir se démener pour une bonne cause plutôt que la laisser fréquenter certains jeunes oisifs du village. De plus, elle n'avait jamais connu ses aïeux, une personne âgée dans son entourage ne pouvait que lui être salutaire. Ils savaient que si quelqu'un pouvait réussir dans cette mission, cela ne pouvait être que leur fille. Elle respirait la joie de vivre et faisait partie des gens qui ne voient que le meilleur dans chaque être, fut-il abject. Elle chantait tout le temps, semblait toujours heureuse et de bonne humeur. Elle incarnait tous les rayons du soleil à elle seule, illuminant chaque endroit où elle se trouvait. Tout lui réussissait. Même à l'école, elle obtenait toujours de très bons résultats. Elle voulait faire des études de médecine. Elle racontait à « Grand Ma » que lorsqu'elle serait médecin elle se spécialiserait en gériatrie et installerait son cabinet au village. « Ainsi, disait-elle, si tu décides de rester parmi nous lorsque tu auras retrouvé ta famille, tu seras ma patiente et je m'occuperai toujours de toi.»

« Grand Ma » ne réagissait toujours pas à ces propos, il y avait pourtant de quoi, car Emilie était intarissable.

A la fin de l'été la besogne fut terminée. La maison était transformée, Emilie était fière du résultat. Elle reprit le chemin du lycée pour la dernière ligne droite avant le baccalauréat. Elle était bien décidée à l'obtenir, et personne ne doutait du contraire. Elle voyait moins « Grand Ma », mais veillait toujours à ce qu'elle ne manquât de rien, et à chaque visite elle lui racontait en détails tout ce qu'elle avait fait : ses cours, ses notes, les injustices de certains professeurs, les petites histoires de ses amies.

Tout était parfait, trop parfait. Le calme avant la tempête.

En octobre, des nuages commencèrent à s'amonceler dans l'horizon d'Emilie. Son père tomba malade. Les médecins n'en trouvaient pas la raison. La jeune fille craignait que ce ne fût grave. Chaque fois qu'elle se rendait chez « Grand ma », elle lui confiait ses préoccupations, n'osant les partager avec sa propre mère. Mais l'aïeule restait toujours de marbre. Emilie était trop préoccupée pour tenir compte de l'attitude de la vieille dame. Pourtant, en observant bien, elle aurait pu remarquer son lourd regard empli de peine et de compassion. Puis, après maints examens le verdict tomba : cancer du pancréas !

Peu avant Noël le malade fut hospitalisé et la mère d'Emilie passa cette fête au chevet de son époux, refusant la présence de la jeune fille. Bien évidemment, cette dernière se réfugia chez « Grand Ma ». C'était ce que lui avaient suggéré ses parents. Elle avait essayé de préparer un petit repas pour elles deux, et lui avait offert un joli châle. Mais l'atmosphère était pesante, elle ne parlait plus, ne riait plus, ne chantait plus. Elle était trop triste. Pour la première fois de sa vie Emilie se sentait découragée. Elle n'arrivait pas à retrouver l'espoir qui l'animait habituellement. Une larme commença à rouler le long de sa joue. « Grand Ma » s'en aperçut et soudain, elle qui se désintéressait de tout depuis si longtemps, elle qui était imperméable à tout évènement, à toute émotion, elle, contre toute attente, se leva, prit Emilie dans ses bras et la serra fort, très fort. Elles se mirent à pleurer toutes les deux, d'abord en silence, puis à gros sanglots, n'arrivant plus à s'arrêter. Des vannes venaient de s'ouvrir, et déversaient leur trop plein. Tous les soucis, les incertitudes d'Emilie, tous les sentiments refoulés de la vieille dame, toutes leurs émotions entremêlées, arrivaient enfin à s'exprimer. Les larmes tant retenues jaillissaient, semblables à la lave incontrôlable d'un volcan. Elles diffluaient leurs souffrances respectives, unissaient leur douleur, et se soulageaient mutuellement. Puis tout doucement, elles se calmèrent, et restèrent quelques minutes dans les bras l'une de l'autre. Enfin, sans un mot, Emilie prit son manteau, l'enfila, posa un léger baiser sur la joue de sa grand-mère d'adoption, et s'en alla retrouver sa maison désertée.

Les semaines qui suivirent, elle alla moins souvent voir « Grand Ma ». Elle devait rendre visite à son père qui n'avait pas quitté l'hôpital. Elle ne parlait presque plus. Elle n'en n'avait pas envie, n'en ressentait plus aucun besoin. Elle avait enfin compris pourquoi « Grand Ma » ne disait jamais rien. Un lien particulier s'était tissé entre elles. La vieille dame devait souffrir énormément, et Emilie se sentait au même diapason. Lorsqu'elle arrivait, elle l'informait juste avec de courtes phrases, sans attendre de réponse :

- Il ne va pas mieux

Une autre fois pleine d'espoir :

- Les médecins essayent un nouveau traitement.

Et puis un autre jour :

- Il a l'air d'aller mieux.

Mais ensuite :

- Son état s'aggrave, il n'y en n'a plus pour très longtemps.

Et un soir de mars :

- Ça y est, je n'ai plus de père !

En prononçant ces paroles elle explosa dans les bras de « Grand Ma ». Elle savait qu'elle était la seule personne qui pouvait comprendre sa douleur, elle pouvait pleurer sans retenue, sans honte, donner libre cours à son immense chagrin, et elle ne s'en priva pas. Elle était exténuée par cette tension nerveuse qu'elle avait contenue au cours des mois qui venaient de s'écouler. Elle finit par s'endormir profondément dans les bras de « Grand Ma ». Cette dernière l'allongea sur le canapé, la recouvrit d'une couverture et l'embrassa tendrement sur la joue. Et à ce moment précis une voix très douce retentit dans la pièce : « Dors mon petit ange, ma petite fée, dors, tu en as besoin, tu le mérites. »

L'enterrement eut lieu sans tarder. « Grand Ma » y fit une petite apparition, sous les regards hostiles et les remarques désobligeantes des amis du défunt. Tous connaissaient les liens qui unissaient la jeune fille avec ce « rebut de la société. » Personne ne l'approuvait, et chacun de penser qu'elle avait utilisé de la sorcellerie ou une espèce d'envoûtement envers Emilie. Cette dernière, soutenant sa mère, était trop éprouvée pour réagir et prendre la défense de la vieille dame.

Les perce-neiges étaient fanées depuis longtemps, les arbres bourgeonnaient, le soleil faisait quelques timides apparitions, les oiseaux gazouillaient à nouveau, la nature s'éveillait : le printemps était là. Mais Emilie était triste. Elle se remettait tout doucement du départ de son papa qu'elle avait tant aimé. Il lui manquait terriblement. Elle travaillait d'arrache pieds à l'école car il lui avait fait promettre sur son lit de mort, de tout mettre en œuvre pour devenir médecin. C'est le nouveau but qu'elle s'était fixé, maintenant que « Grand Ma » commençait à être autonome. Oh, elle ne la délaissait pas, elle s'était trop attachée à elle, et éprouvait une trop grande affection pour ne plus aller la voir. Elle s'y rendait d'ailleurs pour étudier, car sa mère, rencontrant des problèmes financiers, faisait de menus travaux de couture et les gens allaient et venaient dans la maison.

Mais un jour, plus précisément un dimanche après-midi, elle arriva plus désespérée que jamais.

- Oh, « Grand Ma », c'est affreux ! Maman vient de me dire qu'après mes examens du baccalauréat, nous allons devoir déménager. Un huissier s'est présenté chez nous pour inventorier tout ce qu'il pouvait saisir. Maman n'arrive plus à faire face aux dépenses quotidiennes. Elle avait emprunté une importante somme d'argent pendant la maladie de papa et n'arrive pas à rembourser. De plus nous avons six mois de loyer en retard, le propriétaire avait déjà menacé de nous expulser. Elle a contacté une vieille tante qui habite en région parisienne et qui veut bien nous héberger quelque temps. Il y a, d'après elle, des emplois à pourvoir dans un nouveau supermarché qui va ouvrir ses portes. « Grand Ma », te rends-tu compte ? Je n'aurai plus la possibilité de te voir. Je vais être obligée de travailler également, car le salaire de maman ne suffira pas à couvrir ses créances. Je suis contrainte à l'aider financièrement. Je dois abandonner mes espoirs d'entrer en médecine. Je ne pourrai jamais honorer la promesse faite à papa. Tout s'effondre autour de moi. Et toi que vas-tu devenir, toute seule ? J'aimerais tellement t'emmener avec nous, mais ce n'est pas possible.

C'est alors que « Grand Ma » fit une chose que l'adolescente ne lui avait jamais vu effectuer : elle prit un stylo, griffonna quelques mots sur un bout de papier et le lui tendit. La jeune fille put y lire dans un français improbable : « *Rentre chez toi et attends. Garde espoir, tout n'est pas perdu.* » Elle savait qu'il était inutile de poser des questions, elle n'obtiendrait pas de réponses, alors, incrédule, ne sachant vraiment que penser, résignée, elle rentra chez elle.

Trois semaines plus tard lorsque l'on frappa à la porte, ce fut Emilie qui alla ouvrir. Une femme très élégante se tenait devant elle. Il lui semblait la connaître mais ne parvenait pas à se souvenir qui elle pouvait être. Devant son regard interrogateur, la personne sourit et lui dit avec un fort accent étranger :

- Eh bien, Emilie, je vois que tu ne me reconnais pas. Je m'en doutais. Je suis « Grand Ma ». Ta maman est là ? J'aimerais lui parler. A toi aussi. Tu veux bien me faire entrer ?

Ecarquillant les yeux, médusée, sans voix, Emilie s'effaça afin de la laisser passer.
Elle avait réellement du mal à la reconnaître. « Grand Ma » était métamorphosée. Bien plus droite que d'habitude, elle se mouvait avec aisance. Elle paraissait beaucoup plus jeune. Et ce regard… il n'était plus vide comme auparavant, il pétillait, semblait déterminé. Et puis, elle n'avait plus les mêmes cheveux. Une jolie couleur auburn avait remplacé leur gris délavé. Sa queue de cheval avait disparu. Elle arborait une coupe courte très certainement façonnée par un professionnel. Elle était maquillée avec soin. Ses rides, estompées, soulignaient son charme naturel. D'un pas volontaire, elle pénétra dans le salon et pria Emilie et sa mère, qui sortait de la cuisine en s'essuyant les mains, intriguée, de s'asseoir sur le canapé. Elle s'installa face à elles, se racla la gorge et… prit la parole :

- Vous ne vous attendiez pas à me revoir ainsi et je suis bien consciente de l'effet que je produis. J'aurais préféré une transition plus douce. Mais, pour votre confort, il me fallait aller vite. La dernière visite d'Emilie a été pour moi comme un électrochoc.
Je vais tout d'abord, afin que vous compreniez bien, vous raconter mon histoire. S'il vous plaît, ne m'interrompez surtout pas, c'est très important, laissez

moi aller jusqu'au bout. Après, vous me poserez les questions que vous voudrez.

Je me nomme Shirley Henry, mais je préfère qu'Emilie continue à m'appeler « Grand Ma ». Je me suis attachée à ce... comme vous dites, ce surnom. Je vivais à New York et ai épousé Pierre Henry, natif de votre village, il y a plus de trente ans. Celui-ci est décédé après une longue maladie, comme votre mari, dit-elle en s'adressant à la maman d'Emilie. Nous avons eu une fille unique, Lindsay, qui était notre fierté. Elle était très sportive et voulait ouvrir, non loin d'une pépinière d'entreprises, une salle de détente et de remise en forme pour les gens stressés qui travaillaient dans ce complexe. Il s'agissait d'un nouveau concept et je voulais l'aider. Auteur de romans à succès, je possédais beaucoup d'argent et ne regardais pas à la dépense. Je désirais pour elle quelque chose d'exceptionnel. Sans lui en parler, je cherchais et trouvais les locaux appropriés dans un endroit prestigieux. Un jour, dans le but de leur faire une belle surprise, je leur demandais très mystérieusement, à elle, son époux et leurs deux enfants, de m'y rejoindre. Je leur fixais rendez-vous pour le lendemain matin, avant de commencer leur travail, pensant faire sensation et leur apporter de la joie pour le restant de la journée. Mais la nuit qui précéda cet évènement je dormis très mal. Je me levais très tôt et, en me regardant dans le miroir, j'eus la surprise de découvrir des rides supplémentaires sur mon visage. Les ravages du temps m'indisposaient énormément, l'année précédente, j'avais déjà subi un lifting. Je faisais la chasse à la beauté éternelle. J'imaginais bêtement pouvoir y accéder. J'étais vaniteuse, orgueilleuse et puérile. Catastrophée, j'éprouvai le besoin incontrôlable de rencontrer mon chirurgien esthétique sur le champ. Je partis donc afin de l'intercepter avant le début de ses consultations. Son cabinet n'était pas très loin du point de rencontre avec ma famille. Mais le praticien était en retard. Sa secrétaire m'informa qu'il avait un problème de voiture et qu'il n'allait pas tarder. Lorsque ma fille me téléphona pour me dire qu'ils m'attendaient, je lui demandais de patienter encore un peu, qu'ils ne le regretteraient pas, que j'allais arriver. Puis, alors que j'étais en train de lui parler, j'ai entendu un énorme coup de tonnerre, une épouvantable explosion…des cris et… plus rien !

« Grand Ma » s'arrêta un instant, songeuse, triste. Emilie et sa mère étaient suspendues à ses lèvres, elles n'osaient prononcer un mot, elles ressentaient la même impression : que la première parole de leur part déclencherait les pleurs de la vieille femme. Elles attendaient la suite. « Grand Ma », rassemblant tout son courage, reprit :

- Pourquoi n'étais-je pas avec eux à ce moment là ? Pourquoi étais-je aussi égocentrique ? Pourquoi a-t-il fallu que le rendez-vous ait lieu précisément ce jour là ? Nous étions le onze septembre 2001, il était huit heures vingt et les tours jumelles étaient en train de s'effondrer. J'ai assisté en direct à la perte de ma famille parce que moi, Shirley Henry, qui aimais tant me trouver sur le devant de la scène, avais décidé, que dis-je, imposé, qu'ils m'attendent à cet endroit, à ce moment précis.

Oubliées les rides, oubliée la vie quotidienne, ils étaient tous morts et cela par ma faute. J'avais trop aimé briller en société, j'avais trop voulu que l'on m'admirât, j'avais trop voulu montrer que je possédais de l'argent... Je tombais dans une incurable dépression. J'ai voulu en finir avec la vie et ai essayé de passer à l'acte. Mais même mon suicide, je l'ai raté. Après réflexion je me persuadais que le fait de vouloir attenter à ma vie était une solution de facilité, de lâcheté, que c'était une punition bien douce par rapport à ce que j'avais fait. Finalement, je décidais de m'enfermer dans la solitude et le mutisme. Ce serait ma prison. C'est pourquoi je suis arrivée ici l'année dernière et me suis installée dans la maison héritée de mon beau père, mon mari n'ayant jamais voulu s'en séparer. Je voulais vivre en ermite, ne plus rien faire, me laisser aller et attendre la mort. Mais le destin en a décidé autrement. Tu es entrée dans ma vie, Emilie. Je n'avais jamais rencontré de jeune fille aussi obstinée que toi. Je pensais que devant mon silence tu allais te décourager, mais il n'en n'a rien été. J'ai failli te parler lorsque ton papa t'a quittée, mais cela aurait engendré trop de questions auxquelles je n'étais pas encore prête à répondre. Lorsque je t'ai renvoyée la dernière fois, j'ai compris qu'il était temps pour moi de sortir de ma léthargie. Je devais te venir en aide. Il me fallait agir, vite, c'était impératif. Je suis donc partie après toi. J'ai rencontré des banquiers, des personnes de loi, et ai réglé certaines affaires. Tu ne quitteras pas ce village et tu pourras honorer la promesse faite à ton père. Tu as fait preuve d'une telle bonté désintéressée envers moi, que maintenant c'est à mon tour de te soutenir. Tu m'as donné une belle leçon de vie.

Celle-ci réserve parfois bien des surprises. Je n'aurais jamais pensé qu'elle me fasse encore un si beau cadeau. C'est pourquoi, j'ai décidé de me remettre à écrire. Je vais avoir besoin d'une documentaliste, secrétaire, assistante et -s'adressant à la maman d'Emilie-, c'est à vous madame que j'en confie la tâche, si vous êtes d'accord, naturellement. Je vous octroierai un salaire conséquent qui pourra vous permettre de régler vos dettes et payer les études d'Emilie. Quant à toi, Emilie, tu as la charge de réussir. Mais je ne pense pas que cela te posera beaucoup de problèmes. Je veux te revoir sourire, chanter et surtout… t'entendre parler ! Peut-être es-tu destinée à accomplir de grandes choses dans ta vie, ou dans ta carrière médicale, qui peut savoir ?

Maintenant, si vous avez des questions vous pouvez y aller, je m'y suis préparée.

Comment expliquer ce qui se passait dans la tête de la mère et de la fille ? Toutes deux se demandaient si elles n'étaient pas en train de rêver. C'était pour elles la fin de leurs soucis financiers et, cerise sur le gâteau, une véritable relation avec « Grand Ma ». Elles ne voulaient pas poser de questions dans l'immédiat, elles en savaient suffisamment pour l'instant.

Ce fut le début d'une nouvelle vie pour toutes les trois.

UN PERE NOEL BIEN INQUIETANT

Nous étions à la veille de Noël. Eve s'était dépêchée de sortir du bureau. Max, son fiancé lui avait envoyé un SMS plus tôt dans l'après-midi, lui demandant de le retrouver devant les « Galeries Lafayette ». Il avait quelque chose de très important à lui dire, qui ne pouvait attendre. Elle savait ce que c'était, elle en était sûre : il ne désirait plus patienter et souhaitait fixer la date de leur mariage, afin de pouvoir l'annoncer à la famille le soir même, lors du réveillon. Du coup, elle était arrivée plus tôt, et avait voulu entrer dans le magasin avant son arrivée afin de lui choisir un cadeau supplémentaire.

Comme elle était heureuse en l'attendant patiemment sur le trottoir, son paquet enrubanné sous le bras ! Elle observait les retardataires qui effectuaient leurs derniers achats, les passants pressés de rentrer chez eux, un Père Noël auquel personne ne portait attention mais qui scandait malgré tout des « Joyeux Noël » à la volée, agitant une cloche. Elle souriait béatement.

Quelle ne fut sa déception lorsque Max arriva, avec un bon quart d'heure de retard ! La belle déclaration à laquelle elle s'attendait se mua en un terrible coup de massue. Il avait rencontré une autre femme, expliquait-il, et était venu pour rompre avec elle. Comme cela, sans ambages, dans la rue ! Il était désolé. Certainement bien moins qu'elle ! Il avait juste choisi Noël ! Merci pour le cadeau ! Elle resta sans voix.

Cinq minutes !

Leur conversation avait duré cinq minutes !

Il tourna les talons. Elle le regarda s'éloigner, tandis que de petites perles humides se formaient dans le coin de ses grands yeux émeraude. Elle n'avait plus qu'à rentrer chez elle, se préparer, aller retrouver ses parents, et leur annoncer que leur fille n'avait plus envie de vivre.

Maintenant elle remontait le boulevard Haussmann, pleurant à chaudes larmes. Elle s'essuyait parfois d'un revers de main le visage, étalant un peu plus le rimmel qui coulait le long de ses joues. Elle faisait fi du regard interrogateur des gens qu'elle croisait. Elle ne les voyait d'ailleurs pas. Elle était perdue dans son chagrin, son désespoir, sa désillusion. Les jolies vitrines devant lesquelles elle s'était arrêtée auparavant avec admiration, les illuminations multicolores, l'allégresse des badauds, tout cela n'avait plus d'importance.

Elle ne s'était pas aperçue non plus qu'une silhouette se dessinait dans son sillage. Pourtant elle était curieuse cette silhouette. Quoique, un Père Noël dans les rues, un vingt quatre décembre au soir, rien de plus normal. Il paraissait malgré tout étrange ce Père Noël. Il évinçait les enfants qui essayaient de l'aborder. Pas sympathique ! Il avançait par à-coups, semblant suivre la jeune femme. Il portait un paquet sous son bras. Alors, à quoi lui servait donc sa hotte ?

A un moment, alors qu'Eve s'était retournée, un pressentiment peut-être, lui, s'était vite caché sous un porche providentiel. Si elle s'arrêtait avant de traverser une route, il s'arrêtait aussi. Il ne la lâchait pas des yeux.

Vraisemblablement, il la filait. Mais que lui voulait-il ? Un Père Noël, c'est fait pour distribuer des cadeaux. Ça ne veut pas de mal un Père Noël, ça ne suit pas une jolie fille dans la rue. Mais, peut-être était-ce le VRAI Père Noël ? Il l'avait vue pleurer et voulait la consoler ? Dans ce cas il allait prendre du retard, les enfants allaient devoir attendre. Mais non, s'il avait été le vrai, il ne l'aurait pas suivie ainsi, il l'aurait abordée directement.

C'était très inquiétant, d'autant plus qu'Eve ne l'avait toujours pas remarqué. D'habitude, elle prenait le bus pour rentrer chez elle, mais ce soir là, elle avait envie de marcher. L'air frais lui faisait du bien. Elle avait tout son temps pour parcourir les trois kilomètres qui la séparaient de son logement.

Elle avait quitté cette avenue si bien illuminée et si animée de Paris, et arrivait dans son quartier. Les rues étaient désertées, plus obscures. Elle pouvait distinguer à travers les fenêtres de certains appartements éclairés, des personnes déjà réunies afin de fêter l'arrivée du divin enfant. Et elle ? Allait-elle trouver le courage d'affronter le regard désolé de sa famille ?

Et toujours ce Père Noël qui la suivait ! Que lui voulait-il donc ?

Elle arriva enfin au bas de son immeuble. Il s'arrêta à trois mètres d'elle, l'observant encore. Elle ne le remarquait toujours pas, elle était occupée à chercher ses clés dans son sac, ne parvenait pas à les trouver. Il faisait trop sombre. Les aurait-elle oubliées au bureau ? Ce serait un comble. Elle finit par s'accroupir afin de déverser le contenu de sa besace sur le perron. Ah, les voilà !

Tandis qu'elle s'affairait à ranger en vrac tous ces objets qualifiés d'inutiles par la gente masculine, mais tellement indispensables pour le sexe opposé (à cet instant précis, elle pensa à son ex-fiancé qui se serait gentiment moqué d'elle ; elle eut même envie d'en sourire. Mais non, là elle était trop triste). Le Père Noël s'était rapproché. Elle ne l'avait pas entendu. Au moment où Eve se releva, la main de celui-ci s'abattit sur son épaule.

Alors qu'un courant électrique la parcourait tout le long du corps, prise de panique, elle se retourna.

Ils étaient face à face.

- N'ayez pas peur, essaya-t-il de la rassurer.
- Laissez-moi tranquille, je n'ai rien à vous donner.

Sa voix accusait la terreur.

- Ne vous méprenez pas, mademoiselle, je ne voulais surtout pas vous effrayer.
- Que voulez-vous ? reprit-elle un peu rassurée, mais toujours sur la défensive.
- Pardonnez-moi, mais… je… euh…
- Quoi ?
- J'étais devant les « Galeries Lafayette » lorsque vous avez rencontré ce goujat qui vous a laissée tomber un soir de Noël.

Du coup, Eve ne sut que dire. Elle le laissa parler.

- Je ne voulais pas être indiscret, mais j'ai entendu votre conversation.

Quoi ! Il l'avait suivie ? Une kyrielle de pensées tourbillonnait dans l'esprit d'Eve. Elle en oubliait son chagrin. Elle en était à se demander s'il ne voulait pas qu'elle l'invite à passer le réveillon avec elle. Déjà, elle préparait une réponse.

Il reprit :

- Vous avez raison, il ne la méritait pas. Alors, euh… Je ne sais pas comment m'y prendre pour vous demander, sans vous froisser.

Eve commençait à s'énerver.

- Mais de quoi parlez-vous ?
- Le cadeau. Celui dont vous vous êtes débarrassée dans la poubelle après que votre ami soit parti. Je me suis permis de le récupérer. C'est vraiment dommage de jeter une si belle chemise. Je suppose qu'elle était pour lui. Depuis, je vous suis en n'osant vous aborder, vous étiez si malheureuse. Alors voilà, je voulais vous demander… Le magasin va bientôt fermer, vous comprenez ? Il me faut y retourner, après il sera trop tard.
- Mais où voulez-vous en venir, au juste ?
- Cette chemise est trop petite pour moi, vous ne pourriez pas me donner le ticket de caisse afin que je puisse la changer ?

LE PIEGE

Marco portait bien son prénom. Il était charmant et charmeur, enjôleur, flatteur, toujours souriant, beau parleur. Il possédait l'art du compliment qu'il pratiquait allègrement. Pour couronner le tout, il bénéficiait d'un physique de jeune premier. Cet homme avait tout pour plaire. Les femmes se pâmaient devant lui.
Mais.
Il y a toujours un mais.
Tout cet apanage n'était que du vernis. Du vernis sur une planche pourrie.
Marco, n'était qu'un surnom. Un surnom de « mafieux » qu'il reflétait à merveille.

J'avais 16 ans lorsque je le rencontrais. Tout naturellement, je tombais sous son charme. Il me fit l'insigne honneur de me choisir, moi, au milieu de tant d'autres. J'étais la fille d'un modeste ouvrier, habitant dans une H. L. M. Lui, vivait dans une magnifique villa en haut de la colline avec ses parents, notables très connus dans notre petite ville.
Il était mon premier amour. J'aurais donné ma vie pour lui. Au début de notre relation, j'appréciais sa jalousie lorsqu'un autre garçon me regardait. Je prenais cela pour une preuve d'amour. J'étais flattée. Lorsqu'il me demanda en mariage je fus au comble du bonheur. Il avait voulu que l'on se marie très vite, il voulait montrer au monde entier que j'étais SA femme. J'étais fière.

Je déchantais rapidement. Je m'aperçus bien vite que j'étais devenue SA propriété, SA chose. Il se montrait de plus en plus possessif. Je n'avais plus le droit de parler à une personne de sexe masculin, c'est tout juste s'il tolérait que je m'adresse à son frère. Je ne devais plus faire un pas sans lui. Si j'essayais de discuter un peu de ma liberté, il entrait dans une terrible colère. Je constatais qu'il n'était pas seulement jaloux envers moi. Il ne supportait pas que son frère puisse également bénéficier de l'amour de ses parents, et s'arrangeait toujours pour le dénigrer à leurs yeux. Il critiquait tous les voisins, mais bien sûr leur faisait bonne figure lorsqu'il se trouvait face à eux. Il voulait toujours posséder mieux que tout le monde. Il n'était heureux que lorsqu'on lui faisait des compliments, lorsqu'on l'admirait.

Cette situation ne me plaisait pas. Ce n'était pas ce dont j'avais rêvé pour ma vie avec lui. Je voulais partir, le quitter. Il refusait. Il me menaçait : « Si tu pars, je te tue. » En était-il réellement capable ? Je ne savais pas. Alors j'essayais de relativiser. Je me disais que si je n'étais pas vraiment heureuse, je n'étais pas malheureuse non plus. Jusque là il n'avait jamais été vraiment violent envers moi. Il m'aimait à sa manière.

Mais un soir, un soir fatidique, il rentra à la maison, ivre.

- Tu as osé conduire dans cet état ? lui demandais-je sur un ton de reproche.
- De quoi tu te mêles, toi ? Tu n'as rien à dire ici. C'est moi le chef !

- Comment ça, je n'ai rien à dire ? Il n'y a pas de chef. Tu peux faire le beau devant les gens si tu veux, mais avec moi ça ne marche pas, ça ne marche plus. Je te connais... lui avais-je répondu.

Pourquoi ne me suis-je pas tue ? Une colère trop forte, peut-être ? Un ras-le-bol trop longtemps contenu ? Je vis ses yeux se révulser. Je compris vite que j'avais fait une erreur. Il ne me laissa pas terminer. Il me coupa le souffle en m'attrapant par les cheveux, et il me renversa par terre. J'essayais de me débattre, il était plus fort que moi. Il commença à me gifler, me donner des coups de poings, des coups de pieds tout en m'insultant. J'avais osé lui tenir tête, il déversait toute sa fureur sur moi. Au début les coups me firent très mal. Je criais. Plus je criais, plus il frappait. Alors je me tus, il frappa encore. Je finis par ne plus rien ressentir. Des espèces de petites étoiles blanches apparurent dans mes yeux fermés, puis plus rien.

Je me réveillais dans mon lit. Marco m'y avait transportée. Il était assis sur le bord, et tenait ma main dans la sienne. En le voyant j'eus un mouvement de recul. « Ma chérie, pardonne moi, je ne sais pas ce qu'il m'a pris. Je suis vraiment désolé. Je ne voulais pas te faire de mal. Je suis un monstre. Pardonne-moi, s'il te plait. Si tu savais comme je t'aime. Je ne recommencerai plus, je te le jure.» Il m'implorait. Je me sentais tellement meurtrie. Je n'avais pas envie de le voir, de l'entendre. J'étais dégoûtée. Je me détournais. « Laisse-moi, lui avais-je dit. » Comment avait-il pu être aussi violent ? J'avais mal partout. Chaque geste me coûtait. Il me porta un verre d'eau avec un cachet d'aspirine, puis me laissa tranquille. Je m'endormis à nouveau.

Le lendemain matin, j'étais couverte de bleus. Je réfléchissais. J'avais déjà entendu parler de femmes battues. Jamais je n'aurais imaginé que mon mari puisse en arriver là. Finalement, je me dis que je l'avais provoqué, que je n'aurais jamais dû lui parler de cette manière. C'était un peu de ma faute. Cela ne serait pas arrivé si je m'étais tue. Il m'aimait, je n'en doutais pas. Et moi je l'aimais aussi. Malgré tout cela…

Nous nous réconciliâmes. Il me persuada de n'en parler à personne. Pour tout le monde j'étais tombée dans les escaliers. Par « chance » je n'avais pas de séquelles. Il m'offrit un voyage, des fleurs, un collier en or. J'aurais pu lui faire décrocher la lune, tellement il voulait se faire pardonner. J'en profitais pour lui faire signer un papier sur lequel il avouait sa brutalité, et promettait de ne plus recommencer. Il le fit bien volontiers, ce qui à mes yeux prouvait sa bonne foi. Cet engagement me rassura. J'étais sûre qu'il ne recommencerait pas. La vie reprit son cours.

Lorsque je lui annonçais que j'attendais un bébé, il fut au comble du bonheur. Il était pour moi aux petits soins. J'étais heureuse. Je me félicitais d'être restée à ses côtés. Pour Noël, j'étais enceinte de deux mois et demi, il m'offrit encore un bijou. Nous passâmes cette fête chez mes beaux-parents. Entre autres cadeaux, je reçus également de la part de mon beau frère, un très beau livre sur la maternité. Je fus touchée d'une telle délicatesse et l'en remerciai chaudement. Cela ne plut pas à Marco. Lorsque nous rentrâmes à la maison, il me reprocha d'avoir été trop familière avec son frère. Il avait l'impression que j'avais éprouvé plus de satisfaction à recevoir « un vulgaire livre », plutôt qu'un bijou de prix. Je le rassurais. Il finit par se détendre. Nous passâmes le réveillon de la nouvelle année, qui s'annonçait prometteuse pour moi, avec des amis et son frère. Ce dernier, toujours bien intentionné à mon égard, me félicita sur mon petit « bidou » qui commençait à poindre. Il prit la liberté de poser sa main sur mon ventre. Je riais. Je croisais le regard noir de Marco. Je le rejoignis afin de l'apaiser. Il me fit la tête tout le reste de la soirée. Peu après minuit, il voulu rentrer.

Sa colère s'abattit sur moi, à peine nous passâmes la porte de notre maison. Il m'injuria :

- Espèce de traînée !
- Pardon ? répliquais-je, interloquée.
- Tu crois que je n'ai pas vu ton petit manège avec mon frère ?
- Quel manège ?
- Tu te pavanes devant lui, tu fais la belle, tu le provoques.
- Tu recommences avec tes soupçons absurdes. Mais ça ne va pas chez toi ?
- Ça va très bien. Je suis sûr qu'il y a quelque chose entre vous.
- Enfin, tu délires, tu as dû trop boire.
- Ferme-la ! Il y a longtemps que je vous surveille tous les deux. Ça ne m'étonnerait pas que l'enfant que tu portes soit le sien.

- Arrête de dire des choses aussi débiles. Tu deviens parano, et ça ne me plait pas. Tu sais que je t'aime toi, et il n'y a que toi qui compte à mes yeux.
- Menteuse !

En prononçant ce mot, il m'envoya une gifle magistrale. Je portais ma main sur ma joue brûlante et le regardais. Je n'aimais pas ce que je voyais dans ses yeux. Cela me rappelait quelques mois auparavant. Je ne voulus pas répondre, surtout ne pas envenimer la situation. Je pris la direction de la salle de bain. « Tu n'as rien à dire ? » me demanda-t-il en hurlant. Tout en lui tournant le dos, je fis non de la tête. C'est alors que je sentis une fulgurante douleur dans les reins. Il venait de m'asséner un coup de poing. J'en perdis l'équilibre. J'essayais de me raccrocher au mur avec les mains. Mal m'en prit, je ne protégeais pas mon ventre qui reçut un énergique coup de pied, et je me retrouvais à terre, tordue de douleur. Les coups redoublèrent. Je redevenais son punching-ball.

Cette fois, c'est à l'hôpital que je rouvris les yeux.
«Bip, bip », serinaient les appareils branchés à mon côté. Pendues en haut d'une potence, deux poches transparentes, semblaient me narguer. Deux tubulures partant de chacune d'elles, acheminaient leur contenu dans le creux de mon coude droit, lentement, goutte à goutte. L'une rouge semblait être du sang, l'autre, emplie d'un liquide limpide devait être du glucose, ou je ne sais quel produit médicamenteux pour me redonner des forces. Je ne pouvais bouger mon bras gauche, maintenu contre ma poitrine. Ma tête bandée me donnait l'impression qu'un

match s'y déroulait entre mes neurones, mes synapses et autres cellules nerveuses portant des noms inconnus de mon vocabulaire, tellement cela cognait à l'intérieur. J'eus du mal à rassembler mes esprits.
« Chérie », entendis-je, soudain.
La voix plaintive de mon mari me glaça. A ce moment-là, tout me revint en tête. « Mon bébé ? », parvins-je à articuler, inquiète tout à coup. Il me regarda d'un air navré, hochant la tête négativement. Je compris.

- Va t-en, murmurais-je, détournant mon visage.
- Pardonne-moi, commença-t-il.
- Laisse-moi tranquille, je veux être seule.
- Je reviendrai plus tard.

Il quitta la chambre. Heureusement, il n'avait pas insisté.
J'aurais voulu pleurer, mais n'y parvins pas. Je me sentais vide.
Vide de réactions.
Vide de sentiments.
Vide de mon ventre.
Vide de ma vie.
Vide de tout.

Une infirmière entra. Souriante, elle se servit de mon bras droit pour prendre la tension. Tout en agissant, elle me parlait.

- Ah, voilà la belle au bois dormant, réveillée. Votre mari vient de nous prévenir. Il s'en est fait du souci, vous pouvez me croire. Ça fait deux jours que vous êtes arrivée et il ne vous a pas quittée. Il croyait que vous alliez mourir, même si nous lui répétions que votre état était stable, et que vous aviez besoin d'un peu de temps. Vous avez énormément de chance, d'avoir un mari aussi aimant et attentionné. Vous pouvez être fière. Allez, votre tension n'est pas très folichonne, mais tout devrait rentrer dans l'ordre bientôt. Vous n'avez qu'à vous reposer. Je repasserai plus tard.

Une tornade était entrée, puis repartie.

Pourquoi faut-il que les gens parlent sans savoir ? De quel droit me disait-elle que je devais être fière de mon mari ? De certifier qu'il m'aimait vraiment ? De quoi se mêlait-elle ? Elle ne m'avait même pas parlé de mon bébé qui n'existait plus. Savait-elle ce qui était arrivé ? Marco avait dû encore arranger les évènements comme bon lui semblait. Un simple sourire de sa part balayait les moindres soupçons à son encontre. Finalement, cela m'était égal. Tout m'était égal. J'aurais voulu mourir. Je fermais les yeux, et m'endormis à nouveau.

Le médecin arriva un peu plus tard. Il m'expliqua que j'avais eu de la chance que mon mari soit sur place lors de ma chute, j'aurais pu me vider de mon sang. L'intervention rapide des pompiers sur son appel avait été décisive pour ma survie. Malheureusement on ne pouvait pas en dire autant pour le bébé mais bonne nouvelle, je pourrais en refaire. Dans ma chute, mon bras s'était cassé et ma tête avait lourdement heurté les marches, ce qui m'avait valu deux jours de « léger » coma. Finalement, je ne m'en sortais pas si mal, avait-il conclu.

Je n'avais pas envie de répondre. Je me laissais examiner, sans commentaire. Marco arriva sur ces entrefaites. Il tenait un énorme bouquet de fleurs dans les bras.

En le voyant, l'infirmière qui quittait la chambre sur les talons du médecin, me fit un grand sourire et me dit « veinarde » avec un clin d'œil complice. « Si tu savais », avais-je envie de lui répondre. Mais à quoi bon ?

Marco approcha une chaise près de mon lit et s'assit.

- Ça va mon amour ?
- Laisse-moi, répondis-je.
- Je suis désolé de ce qui s'est passé. Je ne voulais pas.
- Non, tu ne voulais pas, comme la dernière fois. Et pourtant tu l'as fait.
- Ça ne se reproduira plus. Je te le jure.
- Jusqu'à la prochaine fois. Je ne te crois plus.
- Mais si, tu verras.
- Je ne verrai rien. Tout est terminé.
- Quoi ? Qu'est-ce qui est terminé ?
- Nous deux. Je veux divorcer.
- Comme ça, d'un coup ?
- Non, ce n'est pas d'un coup. Je t'avais prévenu. Si tu recommençais, je te quittais. Nous y sommes.
- Il en est hors de question. Ecoute, je pense que tu es fatiguée. Je te laisse te reposer, on en reparlera demain.
- C'est ça, vas-t-en.

Il s'en alla. Je restais seule avec mon désespoir. Cette fois, j'étais vraiment décidée. S'il refusait le divorce, j'avais des arguments pour le faire accepter : ses aveux écrits à propos de ma première « chute ».

Il ne revint pas sur le sujet lors de ses visites suivantes. Moi non plus. Je ne voulais plus discuter avec lui. Lorsqu'il m'adressait la parole, je ne lui répondais que par monosyllabes. A ma sortie de l'hôpital, je n'avais pas changé d'avis.

En rentrant à la maison, j'allais directement à mon coffret à bijou, l'emplacement où j'avais caché la lettre qui devait me servir à me libérer de mon mari. Elle ne s'y trouvait plus.

- C'est ça que tu cherches ?

Marco, dans l'embrasure de la porte, la brandissait fièrement.

- Donne-la-moi, dis-je.
- Je savais depuis longtemps que tu la cachais là, et je me doutais bien que tu irais la chercher tout de suite en rentrant. Ma pauvre chérie, tu es tellement prévisible ! Et tellement naïve aussi ! Tu ne t'imagines quand même pas que je vais accepter de divorcer. Parce que c'est ce que tu veux, hein ? Divorcer. Eh bien moi, je ne suis pas d'accord. Nous allons rester le gentil petit couple amoureux que tout le monde admire et envie. Je t'interdis de raconter quoique ce soit à quiconque, sinon tu auras affaire à moi, et tu as vu de quoi je suis capable.
- Comment as-tu pu devenir aussi méchant ?
- Mais, ma chérie, c'est toi qui me forces à être méchant. Je t'aime, moi. Il faut que tu comprennes qu'il

n'y a qu'avec moi que tu peux être heureuse. Je ne veux que ton bonheur. Tout le monde a vu à l'hôpital que j'étais un mari modèle. Il n'y a que toi qui ne veux pas voir. Tu devrais me remercier d'être là pour toi. Je serai toujours là pour toi. Quoiqu'il arrive, nous serons toujours un couple soudé. Que tu le veuilles ou non. Alors, maintenant, tu vas être bien gentille, et tu arrêtes de te mettre des idées saugrenues dans la tête.

Il me planta là, dans la chambre, totalement décontenancée.

Nous étions en janvier, le début d'une nouvelle année, tous les espoirs auraient dû être permis. Les miens s'étaient envolés. J'étais condamnée à rester l'épouse d'un homme violent qui pouvait s'acharner sur moi quand bon lui semblait. J'étais condamnée à trembler dans cette perspective. J'étais condamnée à faire semblant. Quelles attentes pouvais-je nourrir dans une telle situation ? Je me sentais seule, démunie. Il avait fait le vide autour de moi, et je n'avais pas d'amie à qui j'aurais peut-être pu me confier. Je me demandais comment faisaient les autres femmes dans des cas similaires. J'imaginais bien que je n'étais pas la seule à vivre ce cauchemar. Mais comment en parler, à qui ? Vers qui pouvais-je me tourner ?

J'étais devenue apathique, dépressive. Je n'avais plus envie de sortir. Je ne me maquillais plus, négligeais mon apparence. Je trainais ainsi ma peine pendant plusieurs semaines. Ce n'était pas du goût de Marco qui me somma de me reprendre : «Je sais que tu as été éprouvée, et je t'ai laissé suffisamment de temps pour te remettre. Mais moi j'ai besoin d'une épouse, pas d'un fardeau. Si tu continues ainsi je vais encore me fâcher et ce n'est pas ce que tu veux, pas vrai ? » Je promis de faire un effort. Je me dis qu'en somme, je devais agir comme une prostituée qui accède aux exigences d'un homme, mon salaire étant une « vie matérielle agréable ». Piètre récompense !

    C'est le lendemain de cette conversation que Françoise, mon amie d'enfance, choisit de me téléphoner. Elle avait épousé un canadien et s'était installée au pays des caribous sept années auparavant, juste après son mariage. Au début nous correspondions, et puis petit à petit, Marco me dissuada de « continuer une relation qui ne menait à rien étant donné que des milliers de kilomètres nous séparaient, et que certainement nous ne nous reverrions plus jamais ». Lorsque je reconnus sa voix, je fus tellement émue que je me mis à pleurer. L'amitié lorsqu'elle est forte et sincère, survit à des années de silence. J'avais l'impression que nous nous étions quittées la veille, mis à part le fait que nous ne savions plus rien l'une de l'autre. Mais l'entente était restée la même. Le courant passait à nouveau entre nous. Elle me parla de sa vie au Canada, des deux enfants qu'elle avait eus, de son mari, de son travail. Elle paraissait épanouie. J'étais heureuse pour elle. Puis elle formula la question qu'il ne fallait pas poser : « Et toi comment vas-tu ? Raconte-moi ». J'éclatais à nouveau en pleurs. J'étais incapable de parler de ma triste condition sans verser de larmes. Devant son insistance, et entre deux sanglots, je finis par tout lui raconter. Au bout de deux heures, je dus mettre un terme à notre conversation. Marco allait bientôt rentrer et je ne voulais pas qu'il me trouvât au téléphone.

Elle me rappela la semaine suivante.

- J'ai beaucoup pensé à toi, me dit-elle, et je voudrais t'aider.
- C'est gentil de ta part mais je ne vois pas comment tu pourrais le faire de si loin.
- Si tu veux te sortir de cette situation, il faut que tu pièges Marco.
- Oui, mais je ne vois pas comment.
- La dernière fois, tu m'as dit que tu te comparais à une prostituée, ça m'a donné une idée. Possèdes-tu une caméra ?
- Oui, pourquoi ?
- Tu sais, beaucoup de femmes arrivent à ce qu'elles veulent par le sexe. Tu es d'accord ?
- Euh, oui...
- Alors voilà...

Elle me soumit une idée que je trouvais vraiment rocambolesque. A force d'arguments, elle finit par me convaincre.

Elle avait élaboré un plan qui devait s'étaler sur plusieurs mois. Dans un premier temps, il me fallait convaincre Marco que j'allais mieux. Que je redevienne amoureuse. Que je me fasse plus « coquine » lorsqu'il voulait faire l'amour. Je ne devais surtout pas précipiter les choses et y aller doucement. Il allait me falloir de la patience. Le but étant de le piéger.

La peur me tenaillait toujours autant mais je me sentais soutenue par mon amie. Je commençais donc à être un peu plus aimable. Je rediscutais avec lui, souriais, riais même. Petit à petit mon visage s'ouvrait, je reprenais confiance en moi. Je recommençais à faire des projets avec lui. Je faisais surtout attention de ne pas parler de sujets qui auraient pu le fâcher. Je n'étais pas pressée. Je ne perdais pas mon objectif de vue. Je finis pas faire comme si rien ne s'était passé, comme s'il n'avait pas tué notre enfant. Je voyais que lui aussi se détendait, peu à peu.

Françoise m'appelait régulièrement, me conseillait, m'encourageait, me motivait. Cela m'était indispensable pour pouvoir tenir le coup.

Lorsque je fis part à Marco de mon envie de devenir à nouveau bientôt maman, il me dit : « Tu ne pouvais me faire plus plaisir ». Je lui répondis que je l'aimais, que je l'avais toujours aimé, que parfois la vie nous déviait des objectifs que l'on s'était fixés, mais que maintenant que j'allais mieux, je savais ce que je voulais. Il fut fou de joie.

Jamais je n'aurais pensé pouvoir mentir aussi effrontément.

Son anniversaire avait lieu au mois de juillet. Je lui laissais entendre que je lui réservais une belle surprise pour l'occasion, et qu'il s'en souviendrait toute sa vie. J'avais fait exprès de laisser traîner des dessous affriolants achetés pour l'occasion, afin de lui mettre l'eau à la bouche. Lorsqu'il m'avait interrogée à ce sujet, je lui avais répondu qu'il s'agissait d'une « mise en bouche » pour bientôt. Il paraissait satisfait de ma réponse, et semblait avoir hâte d'y arriver.

Le fameux soir, je concoctais un délicieux menu avec des mets qu'il appréciait particulièrement, apéritif, vin et champagne étaient prévus. Lorsqu'il arriva de son travail, j'avais enfilé mes effets aguicheurs : guêpière rouge et noir, bas résilles noirs, cuissardes à talons pointus, chapeau haut de forme noir, collier de chien noir et cravache. En me voyant il en eut le souffle coupé. En réalité il ne s'agissait absolument pas du reflet de ma personnalité, et il le savait. Je lui dis simplement « remercie internet pour ses conseils, et sa discrétion ». Apparemment, cela lui suffit. Je pense qu'il avait envie de voir ce dont j'étais capable. Il n'allait pas être déçu…

Un petit jeu de rôle commença entre nous.

- Est-ce bien vous mon épouse ? me demanda-t-il avec un sourire qui en disait long sur ses pensées.
- Mais oui, c'est bien moi, Monsieur. A partir de maintenant les festivités commencent, répondis-je en lui rendant son sourire.
- Vous n'allez pas me frapper avec cet instrument ?
- Seulement si vous n'êtes pas sage.
- Je serai sage, et tout à vous, chère Madame.

Le repas terminé, le l'attirai dans la chambre à coucher où brûlaient déjà des bougies odorantes. Je mis en route le lecteur de CD où attendaient patiemment les premières notes d'une douce musique d'ambiance. Je le fis allonger sur le lit, et commençais à lui retirer ses vêtements. Il se laissa faire. Je débouchais une bouteille d'huile de massage. Il était vraiment excité. J'entrepris de le caresser le long du corps, lui appliquant sensuellement l'onguent. Il se trémoussait. Tout en continuant à le caresser, je lui susurrais langoureusement à l'oreille :

- Sois patient, sinon je vais devoir t'attacher. Tu veux que je t'attache ?
- Non, ça ne me plait pas.
- Je sais que ça ne te plait pas, mais c'est un jeu. J'ai acheté des menottes.
- Non pas de menottes.
- Détends-toi. On peut essayer avec un foulard, si tu veux. Juste une main pour voir ce que ça fait. Si ça te gêne, on arrête.
- Comment as-tu eu une pareille idée, toi, si sage habituellement ?
- Tu m'as déjà fait regarder des films pornographiques. Je suis une bonne élève, et l'imagination fait le reste. Et puis, tu sais, je n'ai jamais osé te dire que ça me plaisait, mais si je veux que les choses fonctionnent entre nous il faut que je me libère de mes tabous.
- Tu m'épates vraiment.
- Alors attache, ou pas attache ?
- Bon, ok. Juste une main.

Et c'est ainsi, en faisant durer le plaisir, que je réussis à lier ses deux poignets et deux chevilles aux quatre coins du lit. Françoise m'avait certifié que si je suivais ses conseils à la lettre, il finirait par se laisser aller et tout fonctionnerait comme prévu.

- Tu es à ma merci, maintenant, lui dis-je.
- Quel plaisir d'être à ta merci, me répondit-il, se trémoussant toujours. Continue, s'il te plait.

Je m'assis soudain sur le bord du lit, croisais les bras, et faisant la moue, je déclarais :

- Non. Finalement je n'en ai plus envie.
- Comment ça, tu n'en as plus envie ?
- Parce que maintenant c'est terminé.
- Je ne comprends pas.
- Les masques tombent. Tu vois, en face de toi sur le meuble, il y a des bougies ?
- Oui.
- Et entre ces bougies, la masse sombre que tu ne distingues pas à cause des flammes, c'est notre caméra. Et en ce moment notre caméra nous filme. Surtout te filme toi, nu comme un vers, soumis, en situation de faiblesse.
- Tu es devenue folle ?
- Pas du tout. Grâce à ce film tu vas accepter de divorcer.
- Garce !
- Pour une fois ton injure est fondée. Alors voilà, je te mets le marché en main. Où bien tu acceptes le divorce, où bien tous tes amis, voisins, et même ennemis, auront le plaisir de regarder un film pornographique avec toi en acteur principal. A mon avis, tu ne veux pas de cette deuxième option.
- Mais toi aussi tu es dessus.
- Oui, mais moi je ne suis pas déshabillée.
- Pourquoi, tu fais ça ?
- Tu as tué mon enfant.
- Tu n'as jamais eu d'enfant.
- J'étais enceinte. J'ai perdu mon bébé à cause de toi.

- Mais tu as dit que tu voulais essayer d'en avoir un autre.
- Pour que tu recommences à me frapper et me faire avorter ?
- Je ne l'ai pas fait exprès.
- Mais si, tu l'as fait exprès ! C'est délibérément que tu m'as battue. Tu n'avais pas le droit. Pour moi, c'est terminé. Tu m'as agressée deux fois, ce sont deux fois de trop. Si nous avions un enfant, tu finirais par t'en prendre à lui, et ça je ne le veux pas.
- Salope ! Garce ! Traînée ! Ça suffit ! Détache-moi maintenant !
- Certainement pas !

Il tirait sur ses poignets et sur ses chevilles, essayant de se libérer. Je l'avais solidement attaché. Je ne risquais rien. Je jubilais. Je me sentais calme et sereine, je m'étonnais.

- Attends, je prends aussi des photos. Ce n'est pas agréable de se sentir impuissant, n'est-ce pas ? Tu ne peux savoir comme je suis heureuse de prendre ma revanche. Il y a longtemps que j'en rêvais. Tu vois, maintenant je vais aller prendre une douche. Ensuite je me préparerai tranquillement et m'en irai, non sans avoir pris cette vidéo si précieuse que je vais mettre en sécurité chez mon avocat. Après, je téléphonerai à ton frère pour lui dire de venir te détacher. Il se fera un plaisir de te rendre service, le pauvre, que tu rabaisses tellement. Mais ce soir c'est peut-être un peu tard. Finalement, je l'appellerai demain matin. Comme ça tu auras tout loisir de réfléchir à ton orgueil, ta vanité, et ta cruauté. Et puis, dorénavant, si je dois m'adresser à toi, ce sera avec ton prénom de baptême. Sans conteste, je préfère « Marc-Olivier ». Pour moi, Marco est mort, je l'ai tué.

Et cette situation embarrassante dans laquelle je te mets ce soir n'est vraiment rien par rapport à tout le mal que tu m'as fait.

Une salve de jurons me répondit.

SUR LES TRACES DE SON PERE

Elle se réveilla tout étonnée dans la chambre de ce petit hôtel. Elle eut du mal à retrouver ses esprits, croyant avoir rêvé. Mais, non, petit à petit les souvenirs refaisaient surface. Son époux Marco, leur soirée, le stratagème qu'elle avait élaboré à son encontre, la colère de celui-ci et sa rage. Elle était persuadée que s'il avait pu, il l'aurait tuée sur-le-champ. Elle s'étonnait de n'avoir éprouvé aucun état d'âme en l'abandonnant ainsi, nu comme un vers et attaché sur le lit conjugal. Il l'avait mérité. Elle lui avait tendu un piège, il était tombé dedans. Elle se sentait fière d'elle.

Comme elle l'avait promis, elle appela son beau-frère qui ne comprit rien, sinon qu'il lui fallait se rendre chez elle afin de délivrer Marc-Olivier.
Puis Clémentine rassembla ses affaires et prit la direction de l'aéroport. Elle ne ressentait aucun regret. Elle ne possédait plus de famille, et laissait derrière elle une vie de misère, de servitude, de désillusion.

Son amie Françoise et sa famille l'accueillirent à bras ouverts. Elle trouva très vite du travail et put s'installer dans un petit appartement. La vie au Québec était bien différente de celle en France. Les gens étaient beaucoup plus calmes, beaucoup moins stressés. Elle s'y adapta très facilement. Françoise lui présenta le cousin de son mari. Le coup de foudre fut réciproque. Elle l'épousa une semaine à peine après que son divorce fut prononcé. Il était l'opposé de Marc-Olivier. Doux, attentionné, prévenant, sincère, il n'avait de cesse de vouloir lui faire plaisir. Ils eurent trois enfants qu'ils élevèrent dans une atmosphère d'amour et de bienveillance. Ils étaient fiers d'eux. Ils réussissaient dans leurs études et possédaient beaucoup d'amis. Tout allait pour le mieux dans le meilleur des mondes.

Mais c'était sans compter sur le destin qui avait décidé de s'acharner sur Clémentine. Une nouvelle fois !

Son mari, son fils ainé âgé d'une vingtaine d'années, ainsi que sa fille cadette qui venait d'avoir 18 ans, eurent un grave accident de voiture. Comme par miracle, les jeunes gens en sortirent indemnes. Son mari, en revanche fut gravement blessé. Il avait perdu énormément de sang. Une transfusion fut nécessaire. Afin de gagner du temps, le personnel médical demanda au jeune homme et à la jeune fille d'aider leur père en lui faisant don de leur sang. Bien évidemment ils acceptèrent. Après analyses, il s'avéra que seule la jeune fille put satisfaire à cette demande. Charly, très curieux de nature, chercha à connaître la raison de son incompatibilité sanguine avec son père. C'est à ce moment que la boîte de Pandore s'ouvrit.

Malgré tous les efforts déployés, le père ne survécut pas.

Le matin des obsèques, alors que la famille se préparait pour la cérémonie, Charly, nonchalamment, vint poser une question à sa mère :

- Dis, maman, c'est quoi ton groupe sanguin ?
- Tu me poses une drôle de question, mon fils ! Pourquoi ?
- Juste… Je pensais à quelque chose… Une intuition, peut-être…
- Quelle intuition ? On enterre ton père aujourd'hui, et tu me demandes quel est mon groupe sanguin ? Quel rapport ?
- Je veux savoir. Par curiosité. Tu ne veux pas me le dire ? C'est un secret ?
- Bien sûr que non ! C'est A+. Voilà ! Tu es content ? Ça t'apporte quoi, maintenant ?
- Tu savais que papa était AB + ?
- Non, je ne savais pas. Mais quelle importance ? Tu m'ennuies avec tes questions bizarres !
- Figure-toi, que, étant donné que vous êtes « positifs » tous les deux, j'aurais dû l'être également. Or, je suis « négatif » !
- Et comment peux-tu le savoir ?
- Parce que je voulais donner mon sang à papa, et je n'ai pas pu.
- Tu sais très bien que papa a succombé à ses blessures, et pas au fait qu'il ait manqué de sang.
- Oui maman. Mais dans la mesure où je te ressemble énormément, il n'y a pas de doute, tu es bien ma mère.

Clémentine se figea. Elle se sentit blêmir. Elle commençait à comprendre où voulait en venir son fils. Se pouvait-il que Charly ait des soupçons quant à ses origines ?

- Mais enfin, pourquoi tu me parles de tout ça ? Qu'est-ce que tu cherches au juste ? demanda-t-elle d'une voix tremblante, espérant se tromper sur son impression.
- A ta réaction, il me semble que tu as compris. Papa n'est pas mon vrai père, c'est ça ?

Non, il n'avait pas de doutes ! Il avait des certitudes. Le couperet tombait. Que répondre en un instant pareil ? Elle rassembla ses idées, et répondit d'une voix atone :

- S'il te plait, mon chéri, veux-tu bien que nous parlions de ce problème demain, lorsque tout sera terminé et que nous serons tranquilles pour discuter ? Je répondrai alors à toutes tes questions.

Charly obtempéra d'un signe de tête, et s'en alla terminer de se préparer dans sa chambre.

Elle savait qu'un jour où l'autre ils y viendraient. Comme elle aurait aimé avoir le soutien de son époux. Il aurait su de quelle manière lui expliquer, il était toujours de bon conseil. Elle cherchait désespérément ce qu'elle allait bien pouvoir dire à son fils. Mensonge ou vérité ? Le mensonge, même si elle n'aimait pas son usage, d'un certain côté la préserverait. Et d'un autre côté, elle n'était pas convaincue que la vérité l'épargnerait.

Malheureusement, elle n'eut pas à se poser la question très longtemps. Dans l'après-midi de cette même triste journée, alors qu'elle se trouvait seule dans la cuisine, avec son amie Françoise, elle lui relata les propos de Charly.

- Que puis-je lui dire ? De quelle manière ? Comment lui expliquer que j'ai voulu le détourner d'un père tyrannique et violent ?
- Je pense que le mieux est de lui dire toute la vérité, même si elle ne doit pas lui faire plaisir. Déjà, il faut que tu commences par le début de ton histoire avec Marco.
- Oui, je crois que tu as raison. Il est certain que je ne peux pas lui dire tout de go : « j'ai tué ton père, et je me suis réfugiée au Canada », répondit Clémentine sur le ton de la plaisanterie.

Comment pouvait-elle savoir qu'à ce moment précis où elle prononçait ces mots, Charly se présentait derrière elle, dans l'embrasure de la porte ? Et ce sont ces dernières paroles, et rien que celles-là, qu'il entendit. Il n'avait pas non plus perçu le ton ironique de sa mère. Sur un signe de Françoise, elle eut juste le temps de se retourner pour voir le regard scandalisé de son fils qui déjà tournait les talons. Elle essaya de lui crier :

- Charly, attends, ce n'est pas ce que tu crois, laisse-moi t'expliquer ! ».

En vain.

- Laisse-moi tranquille ! avait-il répliqué en s'enfuyant.

Elle était anéantie. Une nouvelle fois dans sa vie, elle se sentait totalement dépourvue. En même temps qu'elle enterrait son mari, elle perdait son fils aîné. Françoise essaya de la rassurer. Mais elle savait au fond d'elle que plus rien ne serait jamais pareil. Le bonheur était éphémère pour elle. Elle avait savouré tous les instants de sa deuxième chance, il lui fallait maintenant affronter la réalité.

Elle ne revit pas son fils.

Elle apprit par sa fille qu'il s'était réfugié chez un copain. Il ne voulait plus avoir aucun contact avec sa mère. Elle lui écrivit une longue lettre afin de tout lui expliquer. Il la déchira sans la lire. Connaissant le nom de jeune fille de sa mère, il fit des recherches sur internet, passa quelques appels téléphoniques et prit la décision de se rendre en France, à la recherche de ses origines. Il vida son compte épargne et s'envola pour Paris.

Une semaine seulement après ces évènements, il arriva dans la petite ville où avaient vécu ses parents. Il s'installa dans un petit l'hôtel, puis se rendit à la mairie afin de consulter les actes de mariages relatifs à la période d'avant sa naissance. C'est ainsi qu'il put connaître le nom de son père : Marc-Olivier De La Chênaie. Il s'achemina ensuite vers le centre ville, se demandant comment obtenir des renseignements sur son père et sa famille, sans trop donner l'impression d'effectuer une enquête. La chance lui sourit lorsqu'il s'installa à une terrasse de café. La serveuse, femme d'entre deux âges, très avenante, remarqua tout de suite son accent :

- Oh vous n'êtes vraiment pas d'ici, vous !
- Ça s'entend autant que ça ? répondit-il sur le même ton enjoué.
- Juste un peu, répliqua-t-elle ironiquement. Vous venez d'où exactement ? Je suppose du pays des caribous…
- D'une petite bourgade pas loin de Québec.
- Quelle chance ! J'aimerais bien y aller au Canada. J'ai connu une personne qui y est partie il y a quelques années. Vous la connaissez peut-être.
- Vous savez, il y a beaucoup de monde là-bas. Mais on ne sait jamais. C'est comment son nom ?
- Oh à mon avis, elle a dû en changer. Il parait qu'elle est partie pour se cacher. Remarquez, elle a bien fait. Quel scandale il y a eu à ce moment !
- Ah bon ? Que s'est-il passé ?
- Tout le monde a dit que son mari était mort à cause d'elle, qu'elle aurait dû assumer ses actes, et ne pas s'enfuir de la sorte, en l'abandonnant. Mais vous savez, on ne vit pas avec les gens, derrière les murs, on ne sait pas ce qu'il se passe… En tout cas, moi je peux vous dire qu'avant c'était une gentille fille, et puis quand elle a épousé Marco, elle est devenue très pimbêche. Elle n'a plus parlé à personne. L'argent lui était monté à la tête. Elle nous snobait. Je pense que c'est un peu sa faute, tout ce qui est arrivé. Elle n'a pensé qu'à elle. Depuis, on ne les voit plus trop, les De La Chênaie. Il parait que la mère

a perdu la tête après la mort de Marco. Vous voyez, ce n'est pas la peine de posséder la moitié de la ville, ils ne sont pas plus heureux pour autant.
- Eh oui ! On dit bien que l'argent ne fait pas le bonheur. Mais ils n'avaient pas d'autres enfants, à part ce Marco ?
- Si, il y avait Thomas. Un gentil garçon, très effacé. Il est parti lui aussi, personne ne sait pourquoi, juste après le décès de son frère. Peut-être a-t-il rejoint sa belle-sœur au Canada …
- Vous croyez ?
- Je ne sais pas. C'est ce que certains ont dit. Il parait qu'il était amoureux d'elle, mais je ne le pense pas. Les gens sont de mauvaises langues, parfois. Il faut dire qu'il faisait piètre figure à côté de son frère.
- Comment ça ?
- Marco avait tout pour lui. Il était beau, intelligent, riche, beau parleur, et avait toutes les filles à ses pieds. Il avait épousé la plus jolie de la ville et possédait une maison magnifique. Tandis que Thomas, lui, était très timide. Il n'était pas laid, mais certainement pas aussi beau que son frère. En fait, il était l'ombre de Marco, on ne le remarquait jamais. Il était plutôt… Comment dire ?... Transparent ! Oui, voilà, c'est ça : transparent, inexistant. Il aurait pu s'épanouir, peut-être, si son frère n'avait pas pris autant de place autour de lui. Il aurait fallu qu'il s'impose, il aurait pu…

Mais dites, je parle, je parle, et je ne fais pas mon travail. Je me demande d'ailleurs pourquoi je vous raconte toute cette histoire. Peut-être parce que vous me faites penser à Marco. Vous êtes aussi beau que lui. S'il avait eu

un fils, il vous aurait ressemblé. Alors, que voulez-vous boire ? Parce que je ne sais pas si vous êtes au courant, mais c'est un peu pour ça que je suis là.
- Eh bien, ce sera un cola, répondit-il en souriant.
- Un coca, vous voulez dire ?
- Oui, c'est ça, un coca.
- C'est parti.

Elle s'en retourna vers le bar. Le jeune homme était plus que satisfait. Il n'aurait pu trouver meilleure source de renseignements. Ainsi il avait des grands parents encore en vie, même si la grand-mère était « un peu folle », et un oncle disparu on ne savait où.
La bavarde revint cinq minutes plus tard avec la commande de Charly.

- Voilà, jeune homme, Coca-Cola, sans vouloir faire de pub.
- Merci, madame.
- Mais dites-moi, je ne vous ai pas demandé, que venez-vous faire dans notre petite ville ? Vous devez me trouver culottée, mais je suis très curieuse. C'est un de mes défauts. Vous n'êtes pas obligé de me répondre, si vous pensez que je suis trop indiscrète.
- En fait, je suis à la recherche de mes origines.
- Ah, vous faites un arbre généalogique ? C'est vrai qu'il paraît que beaucoup de français ont émigré au Canada, à une certaine période.
- Oui, on peut dire les choses de cette manière.

- Si vous avez besoin de renseignements, n'hésitez pas à me demander. Vous avez pu remarquer que j'avais la langue bien pendue.

Elle lui fit un clin d'œil. Oui, il l'avait remarqué, et il pensait qu'il valait peut-être ne pas trop lui en dire, tant qu'il n'avait pas rencontré ses aïeux. Il la remercia, puis elle s'en alla servir d'autres personnes qui venaient d'arriver de l'autre côté de la terrasse.

Il n'eut pas de mal à se procurer l'adresse de ses grands parents, et s'y rendit le lendemain.

Lorsqu'il sonna à leur porte, une petite dame âgée, aux cheveux argentés, vint lui ouvrir. Il fut surpris par ses yeux gris bleus en amande, copie conforme des siens. En le voyant, elle porta ses deux mains devant sa bouche, le dévisagea un léger instant, puis l'attira dans ses bras en disant : « Tu es là, mon fils, tu es revenu, je le savais que tu n'étais pas mort. Je le savais que tu reviendrais, viens, entre ». Elle le tira par le poignet vers l'intérieur. Elle se mit à crier en direction de l'arrière de la maison, là où se trouvait le jardin : « Marcel, Marcel, Marco est revenu ! Il est là, tu m'entends ? Viens vite, Marco est là ! »
Un homme aux traits marqués par le temps lui aussi, grand, sec, la tête dégarnie, fit son apparition.

- Qui êtes-vous ? demanda-t-il, d'un ton bourru.
- Votre petit-fils. Le cœur de Charly battait la chamade. Il essayait, malgré tout, de garder son calme.
- Je n'ai pas de petit-fils.

- Je suis le fils de Marco.
- Impossible ! Marco n'a jamais eu d'enfant.
- Tu vois, je te l'avais dit qu'il n'était pas mort, lui fit remarquer la vieille dame, toute guillerette.

Le vieil homme ne prêtait pas attention à son épouse. Il était toujours sur la défensive.

- Vous voulez quoi ?
- Juste vous connaître. Il y a deux semaines, j'avais une vie tranquille avec un père, une mère, une sœur, et un petit frère, du côté de Québec. Depuis, j'ai appris que mon père n'était pas mon père, que ma mère avait tué mon vrai père et s'était enfuie, que j'avais des grands parents, et que toutes mes origines se trouvaient ici. Alors voilà, je veux juste vous connaître, juste retrouver mes racines. Apparemment, vous êtes les seules personnes à pouvoir répondre à mes attentes. Mais si vous ne voulez pas de moi, tant pis, je repars. J'irai glaner mes renseignements ailleurs.
- Comment tu t'appelles ? Finit par demander le grand père.
- Officiellement : Charly Bombardier, mais j'aurais aimé m'appeler Charly De La Chênaie, le nom de mon père.
- Viens, on va discuter.

Le vieillard le fit entrer dans son bureau et referma la porte derrière eux. Il lui offrit un siège, et prit place face à lui. Les deux hommes s'entretinrent longuement. Charly parla de sa vie au Canada, de la façon dont il avait claqué la porte au nez de sa mère lorsqu'il avait appris « le terrible secret », et de son besoin de connaître sa véritable famille. Le grand-père finit par lui dire :

- Tu m'as convaincu. Je suis très heureux d'apprendre que j'ai un petit-fils, et que tu sois venu nous voir. Considère-toi ici chez toi. Mais attention, dans cette maison, il y a des règles. Tout d'abord, je n'ai pas l'intention de t'entretenir à ne rien faire. Donc, soit tu vas travailler, soit tu reprends tes études. Comme tu as pu le constater, ta grand-mère a perdu la tête. Je veux que tu ailles toujours dans son sens, même si elle t'ennuie. Ne la contredis jamais. J'exige du respect. Que ce soit pour elle ou pour moi. Nous avons perdu un fils, le meilleur, et ça nous a ravagés. Quant à l'autre, il est banni de nos vies. Je ne veux surtout pas entendre parler de lui, tu comprends ? Si tu te poses des questions à son sujet, tu te les gardes. N'ennuie surtout pas ta grand-mère avec ça. Elle aussi l'a rayé de sa mémoire. Pas de questions non plus à propos de tes parents. Tu sauras ce que tu dois savoir en temps voulu. Et j'exige de ta part une conduite exemplaire. Pas de frasques avec des amis, de problèmes avec les forces de l'ordre, ou autres choses de ce genre. Si on me rapporte une mauvaise conduite de ta part, tu dégages. Ça te va ? Tu peux toujours retourner voir ta mère, si tu veux.

Non, Charly ne désirait pas retourner chez sa mère. Il était trop fier pour cela. Et puis, le règlement n'était pas aussi dur qu'il paraissait. Il trouvait logique de respecter ses aïeux, de se montrer gentil avec sa grand-mère, il était un garçon plutôt sage, somme toute, les lois énoncées par son grand-père lui paraissaient justifiées. De plus, il avait trouvé à qui s'adresser pour obtenir des informations.

C'est ainsi que Charly entra dans la vie de ses grands-parents. Pour sa grand-mère, il s'appelait « Marco ». Elle ne voulait pas en démordre. Elle mélangeait passé et présent. Un jour elle le semonça : « J'espère que tu ne vas pas la retrouver ta Clémentine. Tu l'as déjà sortie de sa fange, tu lui as donné une vie de princesse, et elle, qu'est-ce qu'elle a fait ? Elle t'a craché à la figure ! Je ne lui pardonne pas sa conduite. Elle ne te méritait pas. Je ne l'ai jamais aimée. Je te préviens, si tu retournes avec elle, je ne l'accepterai pas, réfléchis bien. » Comme il l'avait promis à son grand père, il était entré dans son délire et lui avait assuré que « Non, il ne retournerait pas avec Clémentine ». Il aimait qu'elle lui parlât de son père, de quelle manière il se comportait, ce qu'il faisait. Il faut dire qu'elle ne tarissait pas d'éloges. Comme il en voulait à sa mère de lui avoir caché cette partie de sa vie ! Comme il la haïssait de l'avoir privé de son père !

Il avait repris ses études et se destinait à prendre la succession de son grand-père sur la demande de ce dernier. Il avait été présenté aux notables de la ville. Beaucoup avaient connu son père et le flattaient à son propos. Son avenir était tout tracé. Cette nouvelle vie lui plaisait.

Malheureusement, ses aïeux n'étaient pas éternels. Deux années seulement après son arrivée en ville, son grand-père succomba à une crise cardiaque. Sa grand-mère le suivit trois mois plus tard. Elle ne put supporter l'absence de son mari, et se laissa mourir. Charly fut très affecté par ces disparitions. Il déambula un certain temps dans la grande maison, seul. Un jour, son errance le mena au grenier, endroit où il n'avait encore jamais eu l'idée de se rendre. Un nombre incalculable d'objets hétéroclites y étaient entassés. Des meubles, de vieux jouets, des outils de jardin, et bien entendu, des malles. L'une d'elles semblait plus récente que les autres. Curieux, il l'ouvrit. Elle renfermait, entre autres, des vêtements d'homme, un ballon de foot, des livres, un trophée au nom de Thomas De La Chênaie, ce qui lui permit de penser qu'il s'agissait des affaires de son oncle, parti précipitamment de la maison selon les renseignements qu'il avait pu glaner. Il y trouva également, tout au fond, des albums photos. Enfin, il allait pouvoir mettre un visage sur « ce nom que l'on ne prononçait pas ». La lumière trop blafarde ne lui permettait pas de distinguer les traits des personnages sur les clichés. Il redescendit à l'étage avec son butin, s'installa confortablement dans un fauteuil du salon et commença à consulter ce témoignage du passé. Et là, d'emblée, la stupéfaction le saisit.

    Parmi les photos de son père, de sa mère, de ses grands-parents, il reconnut…Tom, son parrain ! Son parrain qu'il admirait, qui habitait en Angleterre, et qui venait passer deux semaines entières chaque année, chez ses parents au Québec ! Son parrain, avec qui, depuis la rupture avec sa mère, il avait gardé contact par messagerie, et qui l'avait toujours soutenu ! Son parrain qui lui serinait interminablement, sans jamais vouloir répondre pourquoi : « Arrête de te fier aux apparences ! » Son parrain n'était autre que son oncle ! Mais quel était donc ce secret dont personne ne voulait parler ? Que s'était-il réellement passé ? Sa mère et Thomas avaient tué son père ensemble ? Il parait que Thomas était amoureux de Clémentine, peut-être étaient-ils amants ? Non, puisque sa mère s'était mariée avec un autre. Et pourquoi Thomas avait-il été banni par ses parents ? Quel était le lien entre son père, son oncle, et sa mère ? Quel drame avait pu se jouer ? Où se trouvait la vérité ? Qui pouvait lui répondre ? Sa mère ? Il ne lui faisait plus confiance depuis longtemps. Son oncle ? Il n'était plus sûr de pouvoir s'y fier. Il se souvint tout à coup d'une personne âgée qui avait assisté aux obsèques de son grand-père tout d'abord, puis de sa grand-mère ensuite. Elle avait été à leur service pendant de nombreuses années. Lorsqu'il s'était présenté comme le fils de Marco, elle avait dit : « Je ne savais pas qu'il avait eu un fils. Heureusement qu'il ne vous a pas élevé, vous auriez risqué de suivre son exemple. Il a fait le malheur de toute la famille, celui-là !» Charly avait pensé que, comme elle était vieille, elle confondait certainement Marco avec Thomas. Elle ne s'était pas trompée, alors ? Que savait-elle, au juste ? Comment la retrouver ? Il ne connaissait même pas son nom.

Il n'en pouvait plus de se poser toutes ces questions. Il finit par se dire que le seul qui pouvait lui répondre était son parrain. Il décida de lui téléphoner sur-le-champ.

- Charly ? Ça me fait plaisir de t'entendre. Mais il ne t'est rien arrivé de grave j'espère, comme tu ne m'appelles jamais ?
- Non, tout va bien. Je suis allé au grenier aujourd'hui et j'ai découvert certaines choses.
- Comme ?

- Comme le fait que tu sois mon oncle !
- Enfin, le jour est arrivé !
- Quel jour ?
- Celui où tu devais m'appeler pour ça. Je savais qu'en vivant « là-bas », tu finirais par tout découvrir par toi-même. Tu es aussi têtu et buté que ton père et ton grand-père. J'ai dit à ta mère que ce jour apparaitrait et qu'elle devait garder espoir.
- Pourquoi mêles-tu ma mère à ça ? C'est quand même elle qui a tué mon père, ton propre frère !
- Tout d'abord, non, ta mère n'a pas tué ton père. Elle s'est toujours sentie responsable de son décès, et c'est pour ça qu'elle s'accuse toujours.
- Comment ça ?
- Es-tu réellement prêt à entendre la vérité, même si elle ne te fait pas plaisir ? Même si je te dis que ton père était loin de ressembler à l'image d'Epinal que tes grands-parents affichaient partout ?
- Oui, je suis prêt à tout, je veux savoir.
- Alors tout d'abord, sache que ton père s'est arrangé pour faire le vide parmi les amis de ta mère, afin qu'elle soit le plus dépendante possible de lui.
- Tu es sûr ?
- Je l'ai vécu. Tu veux que je continue ?
- Oui.
- Il s'arrangeait toujours pour être le meilleur en tout, au risque de tricher. Il était très jaloux, même de moi. Il faisait des scènes à ta mère pour un rien et la frappait.
- Pas possible !
- Pourtant, tu peux me croire, elle l'aimait. Mais un jour, alors qu'elle était enceinte, elle s'est retrouvée à

l'hôpital à cause de ses coups et a perdu le bébé qu'elle attendait.
- Mais… tes parents ne disaient rien ?
- Elle ne se plaignait jamais. Comment les gens auraient-ils pu savoir que mon frère était aussi violent ? Même moi, je ne le savais pas. Je m'étais juste aperçu du fait qu'il souffrait d'une jalousie maladive, et qu'il aimait qu'on le bade. Moi ça ne me dérangeait pas, du moment qu'il me laissait tranquille.
- Et alors ?
- La perte du bébé a été la goutte d'eau qui a fait déborder le vase pour ta mère. Elle a eu la chance que son amie Françoise l'appelle un jour où Marco était absent. C'est elle qui l'a aidée à se défaire de l'emprise de ton père. Ensemble, elles ont monté un stratagème pour le piéger dans son arrogance et son orgueil. Ta mère l'a filmé et s'est servie de ce film pour obtenir le divorce. Ensuite, elle a rejoint Françoise au Canada. Elle ne s'est aperçue qu'après qu'elle était enceinte. Mais elle savait que si Marco l'apprenait, il ferait tout pour te récupérer et tu en aurais souffert. Elle a voulu te protéger. De plus, comme il est mort peu de temps après, ça a coupé court à tout.
- Je ne savais pas.
- Bien sûr que tu ne savais pas. Tu es tellement buté ! Tu ne voulais pas savoir. De ce côté-là, je te l'ai dit, tu ressembles à ton père : tu crois ce qui t'arrange, au détriment des autres.
- Mais je ne veux pas être ainsi.
- C'est déjà bien de refuser cet état, à toi d'y prendre garde et de faire en sorte de te comporter différemment.

- Mais alors, comment est-il mort ?
- Lorsque le divorce a été prononcé, alors que nous nous trouvions chez nos parents, je lui ai dit que l'avocat de ta mère m'avait remis le film, objet du chantage. Pour une fois, je me trouvais en situation de puissance à son égard. Ça l'a mis hors de lui. De plus, je le narguais en lui disant que je savais où se trouvait Clémentine. Il a commencé à m'insulter devant mes parents. Il leur a dit que je pouvais me targuer d'être l'ami de Clémentine, mais que je ne pourrais jamais rien faire avec elle puisque j'étais gay. Je ne pense pas qu'il le savait réellement, il s'en doutait. Toujours est-il que le ton est monté, que j'ai avoué, et que mon père m'a jeté dehors.
- Pourquoi ? Parce que tu es homosexuel ?
- Oui. Il était homophobe.
- Et ta mère ?
- Elle a toujours suivi mon père.
- Je n'en reviens pas ! Tu étais son fils, elle aurait pu te défendre ! Nous ne sommes quand même plus au Moyen âge ! Qu'est-il arrivé ensuite ?
- J'en voulais terriblement à mon frère, même si quelque part, il m'avait permis de faire mon « coming out ». Quelques jours plus tard, j'ai voulu me venger. Je l'ai appelé sur son téléphone portable. Je lui ai fait entendre un extrait du dialogue qui se trouvait sur le film, entre lui et Clémentine, en lui disant que cette conversation serait bientôt publique. Je désirais juste lui faire peur, le déstabiliser. Je ne savais pas qu'il était en voiture, ça a dû le perturber plus que je ne pensais. Il a eu un accident et il en est mort. Tu vois, en réalité, c'est moi qui ai tué mon frère.

- Alors, pourquoi maman s'est-elle accusée ?
- Parce qu'elle a dit que tout cela est arrivé à cause d'elle.
- Mais ce n'était pas sa faute.
- Non puisque c'était la mienne.
- Mais non, pas du tout. C'était lui la mauvaise personne. S'il n'avait pas été aussi méchant, tout ça ne serait jamais arrivé. Je me sens tellement confus, maintenant. Comme j'ai, moi aussi, été injuste avec maman ! J'ai bien peur d'être comme mon père.
- Ne t'en fais pas, ton père n'aurait jamais reconnu ses torts. Toi, tu viens de le faire. Et ta mère, elle te pardonnera. Ça fait plus de deux ans qu'elle t'attend. Tu sais, elle est formidable. Si je n'avais pas été gay, je serais tombé amoureux d'elle.

Lorsqu'ils eurent terminé leur conversation, Charly réfléchit un instant, puis composa un autre numéro. Cette fois ce fut à destination de Québec :

- Allo, maman ?

ANONYME

Martial, la quarantaine bien sonnée, est un homme que l'on pourrait classer dans la rubrique « ordinaire ». Ni beau, ni laid, ni grand, ni petit, ni gros, ni maigre, un individu qui passe sans qu'on le remarque.

Cela fait dix ans qu'il travaille dans l'entreprise. Il ne se joint à aucune manifestation, ne participe jamais aux cadeaux collectifs, et ne mange jamais à la cantine, se contentant de consommer un sandwich « fait maison » et de plus, il décline toute invitation. Sa maigre garde robe n'a pas changé depuis son embauche. Ses vêtements sont usés. Il touche cependant un salaire conséquent. Il est catalogué sous le titre « radin » par ses collègues. Dans son dos, les réflexions fusent, du genre : « Si on l'envoie au plafond, il ne redescend pas » ; ou « Il doit posséder un sacré magot à la banque » ; ou encore « Plus rat que lui, tu meurs ».

Martial n'a lié aucune amitié, et n'en cherche pas. Il parle peu. En fait, personne ne sait quoi que ce soit de lui, sinon qu'il est célibataire. Il fait bien son travail. Finalement, c'est tout ce qu'on attend de lui. Les gens ne cherchent pas à comprendre son attitude. Ils s'en moquent totalement. Il ne leur sert à rien, ne leur apporte rien. A leur avis, Martial est un être aigri, égoïste, marginal et asocial.

Le jour où il décède, personne ne le pleure, personne ne vient à son enterrement. Personne ne le regrette.

Et pourtant.

Au même moment…

A Wilaibaïla, un petit village de Centre Afrique, là où depuis vingt années déjà, Carole, la fiancée de Martial est enterrée, là où il a créé une école, ainsi qu'un dispensaire, là où il expédiait tout son argent, la population entière est en deuil.

MIMI DESCEND L'ARDECHE

Quelle idée a eue Charlie de raconter sa descente de l'Ardèche à Alex ? Maintenant, devant son enthousiasme, Alex veut également la faire. Et bien sûr, il désire que je l'accompagne ! Je n'aime pas l'eau et il le sait. Je n'y peux rien, c'est dans ma nature.

L'année dernière, il m'a emmenée faire un saut en parachute. Même s'il essayait de me rassurer au maximum dans le zingue, j'en ai encore la nausée. C'était pire que le deltaplane de l'été précédent. Il y a six mois, c'était un tour en Ferrari, j'ai cru y laisser mon cœur. Cette fois-ci, je suis vraiment inquiète. Son ami Ronald veut venir avec nous. Nous ne serons donc pas seuls, mais je suis terrifiée. Hier soir, j'ai fait semblant d'être malade. Mauvaise idée ! Toute la nuit, il m'a serrée dans ses bras, à m'écraser. Je n'ai même pas pu me lever pour aller boire un peu. Il veut toujours m'embarquer dans ses aventures un peu loufoques. Heureusement que je l'aime, Alex. Je ne peux pas lui en vouloir.

Je ne suis pas très vaillante, ce matin, au départ. Heureusement qu'aujourd'hui il fait beau. Je m'installe dans le canoë, entre Alex et Ronald. « Je sais que tu n'aimes pas l'eau Mimi, mais ne crains rien, je ne te donnerai pas l'occasion de sentir sa température, foi d'Alex ». Ils sont heureux tous les deux, pagayant à tour de rôle, en cadence : un coup à droite, un coup à gauche. Ils se mettent à chanter. Mes pauvres oreilles, que de fausses notes ! Je reconnais l'air de la chanson « Le lundi au soleil » de Claude François. Les paroles sont différentes :

*« La descente de l'Ardèche,
C'est queq'chose que tout l'monde doit connaître,
Tiens voilà un rapide,
Passera, passera pas,
On dirait que les choses se corsent,
Attention, attention.... »*

Tout à coup, ils se taisent. J'entends un bruit qui se rapproche. Quel est-il ? Je ne vois rien. Mais que font-ils ? L'embarcation tangue, tourbillonne. Nous sommes emportés par un violent courant, ils ont cessé leur balai de pagaies. Tous les deux crient, moi aussi. J'essaie de m'agripper, en vain. Le canoë se retourne, et nous voilà plongés dans les eaux de l'Ardèche. Comme elle est froide ! C'est pour cela que je ne voulais pas venir ! L'eau entre dans mon nez, ma bouche, mes oreilles, j'ai horreur de cette sensation. J'essaie de nager mais n'y parviens pas. Je m'affole. Je ne vois plus rien. Je me noie. Où sont-ils ? Où se trouve la rive ? Soudain, une solide main me saisit. Ouf ! Alex m'a rattrapée. Mon héros ! Il me hisse à bord pendant que Ronald récupère pagaies et bidons. « Ma pauvre Mimi, me dit-il, tu es toute trempée ». Ah, bon ? Si je le pouvais, je lui tordrais le cou pour m'avoir embarquée dans cette galère. Certes, il m'a sauvée de la noyade, mais c'est bien de sa faute si je suis là !

D'après le récit de Charlie, cela va recommencer. Il dit qu'il faut être vraiment doué pour rester au sec. Si nous chavirons de nouveau, je rejoins la berge toute seule, et je leur fausse compagnie. Tant pis s'ils passent des heures à me chercher ! Ils ne pouvaient pas me laisser dormir tranquillement à l'hôtel ? J'ai l'impression de vivre les pires moments de ma vie.

Ils ne chantent plus, ils sont concentrés. Le même bruit que tout à l'heure parvient à mes oreilles, de plus en plus pressant. Nous approchons d'un nouveau rapide. J'essaie de me cacher au fond du canoë, je ne veux rien voir. Mon cœur commence à battre de plus en plus vite, il va me lâcher. J'ai encore une fois très, très peur. Nous y sommes. Je sens l'embarcation à nouveau emportée par le courant. Aaaah… Ouf ! Nous ne nous sommes pas retournés. Ils ont bien négocié la manœuvre cette fois ! Mon cœur a tenu, finalement. Vous avez dit fragile ? Je reprends confiance. Je peux à nouveau jeter un œil. Nous passons un troisième rapide. Je ne l'avais pas entendu arriver, celui-là. Au final, ils s'en sortent bien, tous les deux. Cela se calme un peu. Tout compte fait, ce n'est pas aussi désagréable que ce que je pensais, de descendre l'Ardèche en canoë… à condition de rester au sec !

Nous faisons une petite halte, le temps de nous restaurer sur la berge. Ce n'est pas du luxe, j'ai une faim de loup. On dit que l'eau, ça creuse. Avant de repartir, Alex et Ronald se baignent. J'aimerais bien les rejoindre, dommage que j'aie peur. Alex m'appelle. Je fais semblant de ne pas l'entendre, occupée que je suis, à aller et venir sur la berge. «Allez, Mimi, ne fais pas ta mijaurée », me crie-t-il. Je m'assois en lui tournant le dos. C'est alors qu'il arrive, sans bruit, derrière moi, me prend dans ses bras, m'emporte, et…nooon ! Il me jette à l'eau. J'ai la sensation de mourir pour la deuxième fois. Il me rattrape aussitôt, me soutient, me parle d'une voix très douce, me rassure. Je finis par nager tranquillement. Alex est ravi.

- Tu as vu Ronald ? ça y est Mimi a apprivoisé l'eau, dit-il
- C'est super ! répond celui-ci. Je ne pensais pas qu'elle en arriverait là.

Ce n'est pas si terrible, finalement. J'y prends goût. A mon grand regret, il nous faut repartir. La fin de la descente s'effectue sans encombre. Cette fois, je n'ai plus peur. J'ai la tête bien droite. J'ose admirer le paysage. Je suis très fière dans cette embarcation, assise au milieu, entre Alex et Ronald.

Nous arrivons sur le plan d'eau de Saint Martin d'Ardèche. Quelques mètres nous séparent de la plage. L'aventure est terminée. Mes deux amis sautent de l'embarcation afin de la tirer vers le bord. Je les imite et nage à leurs côtés. Je n'aurais jamais pensé éprouver un tel plaisir à me baigner.

Alors que nous mettons pied à terre, une promeneuse qui nous observe depuis un moment, me regarde en riant. Elle s'adresse à Alex :

- Je m'amuse souvent à observer la réaction des gens à leur arrivée de la descente. J'ai déjà vu beaucoup de choses : des personnes exténuées, des enfants apeurés ou heureux, des chiens également. Mais un chat ! Et qui, de plus, aime l'eau, c'est bien la première fois !

Comme un conte de fée
ou
Le beau à l'hôpital dormant

- Qui est cette fille sur ce lit d'hôpital avec tous ces appareils branchés, cette perfusion, et même une transfusion ? Que lui est-il arrivé ? Pourquoi pleurez-vous ? On dirait qu'elle me ressemble, mais ce n'est pas moi, puisque je suis là, debout, face à vous. Papa, maman, regardez-moi ! Ecoutez-moi ! Répondez-moi ! supplie Lauren, de plus en plus inquiète, en s'adressant à ses parents qui semblent l'ignorer.

- C'est toi pourtant.

La jeune fille sursaute et se retourne. C'est un jeune homme d'une trentaine d'années, planté derrière elle, qui lui répond, en souriant. « Dieu qu'il est beau !», pense-t-elle.

- C'est bien toi dans ce lit. Et c'est bien à toi que je m'adresse. Tu es, en quelque sorte, dédoublée. Bizarre, non ? Je suis dans la même situation que toi, et ça m'a fait pareil au début. Nous sommes, pour ainsi dire, des fantômes.
- Mais je rêve ! murmure Lauren en se passant une main sur le front.

- Eh, non ! Tu ne rêves malheureusement pas ! reprend-il. Tu te trouves au sein du service de réanimation, dans le coma, comme moi. Ça fait deux semaines, déjà, que je suis là. Tu ne te souviens pas de ce qu'il t'est arrivé ? Tu as l'air en piteux état. Viens avec moi.

Il lui prend la main.

- Mais… mes parents ? Je ne peux pas les laisser là tout seuls.
- Ils ne sont pas tout seuls puisque tu es dans le lit, et qu'ils attendent désespérément un signe de ta part. Tu ne peux rien faire pour eux. De plus, ils ne sont pas prêts de partir, ne t'inquiète pas. Pour ça, tu peux me faire confiance…

Il l'entraîne dans un autre box. Eberluée, Lauren découvre ce même jeune homme, allongé et branché lui aussi à des appareils qui semblent le maintenir en vie. Une jeune fille, assise près de lui, lui caresse le bras tendrement, en soupirant. Elle ne perçoit pas les deux jeunes gens qui viennent de pénétrer face à elle.

- Je ne comprends pas, dit Lauren en chuchotant.
- Oh, tu peux parler normalement, lui dit Fernand. Tu as bien remarqué que tes parents ne t'entendaient pas tout à l'heure, alors que tu parlais fort. C'est ma cousine. Elle est venue de Corse exprès pour moi. Nous sommes très liés tous les deux. Mais elle ne peut pas nous voir, ni nous entendre. Ça m'attriste énormément. J'ai appris que

j'avais eu un accident de voiture. Je roulais trop vite et ai voulu éviter un animal sauvage qui traversait au détour d'un virage. Je suis arrivé dans un sale état, comme toi. Les médecins ont dit qu'ils ne savaient pas si j'allais me réveiller, ils ne peuvent pas se prononcer. Il faut attendre. J'ai appris tout ça en les écoutant parler entre eux. Mais, je m'ennuie ici, tout seul. C'est pour ça que je suis bien content de te voir. Je vais enfin avoir un peu de compagnie. Il y en a d'autres qui sont arrivés, mais ils ne sont pas restés longtemps. Ou bien ils partaient ad patres, ou ils se réveillaient trop rapidement.
- Arrête de parler ainsi. Tu es trop cynique.
- Pourquoi ? C'est la réalité, non ? Il faut dire les choses telles qu'elles sont.
- Aies quand même un peu de respect ! J'ai l'impression que tu t'exprimes comme si la vie des gens n'était pas importante.
- Oh, c'est plutôt une question d'habitude. Tu verras dans deux semaines…
- J'espère bien ne pas rester aussi longtemps.
- Oui, l'espoir ne te coûte rien. Mais tu es quand même la première personne avec qui je puisse converser. C'est certainement un signe.
- De quoi ?
- Je ne sais pas. Que tu vas rester un certain temps, ou autre chose. Tu verras, le plus pénible, c'est d'assister aux visites de la famille et des amis, sans pouvoir leur répondre. Toi tu les vois, tu les entends, mais eux, rien ! Ils défilent tous en pleurant comme si on était déjà mort. Remarque, tu constateras que c'est intéressant. Parfois, ils parlent à côté de toi et bien sûr, ils ne se méfient pas. Tu

peux en apprendre des choses. Par exemple, je sais que mon père a une maîtresse. Ne prends pas cet air offusqué, il n'avait pas besoin de l'appeler après que ma mère ait quitté mon chevet. Je ne lui ai rien demandé, moi. Je sais aussi que le médecin chef fricote avec trois infirmières différentes, alors qu'il est marié.

Lauren est sidérée. Elle retourne vers ses parents, Fernand sur ses talons.

- Maman, dit-elle en posant doucement la main sur son épaule, je suis là, ne pleure pas.
- N'insiste pas, elle ne t'entend pas. Je te l'ai déjà dit : tu es dans le coma. Regarde toutes ces ecchymoses sur ton visage, ce pansement sur ton crâne, et tes membres dans le plâtre. Il a dû t'arriver un grave accident à toi aussi. J'espère que tu vas guérir.
- Et que suis-je censée faire, alors ?
- Rien. Tu observes, tu écoutes, tu attends. Considère que tu es en vacances pour un temps indéterminé. Oh, ce n'est pas trop long, il y a toujours du mouvement dans ce service. Et puis je suis là, on pourra discuter si tu veux. On fera connaissance. Au fait comment t'appelles-tu ?
- Lauren.
- C'est un joli prénom. Moi, c'est Fernand. Et quel âge tu as ?
- Vingt-cinq ans.

C'est ainsi que Lauren et Fernand commencent une bien étrange relation. Deux mois passent. Au fil des conversations entre ses parents et le personnel médical, la jeune fille a fini par apprendre que le soir de son accident, son fiancé venait juste de rompre avec elle pour une autre femme. Elle a perdu le contrôle de sa voiture en rentrant chez elle, certainement ébranlée par cette rupture, qu'elle n'avait pas vue venir. Elle ne parvient pas en s'en souvenir. Son ex-fiancé ne vient jamais la voir. Pourquoi le ferait-il, puisqu'ils ne sont plus ensemble ? C'est ce qu'elle aimerait répondre à sa mère, lorsqu'elle entend celle-ci s'en plaindre à un membre de la famille qui l'accompagne. Cette dernière le rend responsable du malheur de sa fille et ne tarit pas de critiques à son encontre. Du coup, Lauren n'a plus très envie de retourner à la réalité.

Les deux jeunes gens errent dans les couloirs. Ensemble, ils visitent les locaux, les bureaux, les cuisines, la lingerie. L'établissement n'a plus aucun secret pour eux.

Fernand a beaucoup d'humour. Espiègle, il parvient, sans trop savoir comment, à jouer des tours au personnel et fait rire sa compagne d'infortune. Il sait également se montrer sérieux, sensible et attentionné lorsqu'il le faut. Surtout lorsqu'ils se trouvent dans le service de pédiatrie, et à la maternité.

Les longues discussions qui les animent de temps en temps, leur dévoilent des goûts identiques et des aspirations communes.

Lauren est sous le charme. Parfois, elle aimerait sortir de cette situation, supportant difficilement le chagrin de ses parents, mais d'un autre côté sa relation avec Fernand serait terminée.

Leurs blessures et fractures guérissent, mais leur sopor persiste, devant l'incompréhension totale des médecins. Un jour, Lauren se met à pleurer.

- Pourquoi tant de larmes, lui demande Fernand, tu n'es pas bien ici avec moi ?
- Oui, je suis bien. Mais je ne supporte plus le désarroi de mes parents. Ils passent tout leur temps libre à l'hôpital à côté de moi. Je pense que c'est trop triste pour eux. J'aimerais vraiment me réveiller.
- Mais si tu te réveilles, on ne sera plus ensemble.
- Je sais bien, je regretterai ces moments passés avec toi, mais cette situation ne peut durer éternellement. Et puis, c'est pareil pour toi, si tu te réveilles avant moi, je resterai seule aussi. Cela ne te fait rien de voir ta famille dans le chagrin ?
- Bien sûr que ça me fait de la peine. Cependant, ça m'en ferait encore plus de ne plus te voir. Mais j'y pense… peut-être que si l'on s'embrassait, on retournerait à la réalité ensemble, un peu comme dans un conte de fée.
- Et on se marierait et on aurait beaucoup d'enfants ?... Seulement, les contes de fée n'existent pas, tu le sais bien.
- Et tu as déjà vu des revenants comme nous errer dans un hôpital, toi ?
- Non, puisque le commun des mortels ne peut nous voir.
- Donc, on peut y croire…
- Sauf, que dans les contes, il faut de l'amour.
- Tu ne m'aimes pas ?

- Ecoute, Fernand, je ne veux pas te chagriner. Mais entre nous il ne peut pas y avoir d'amour.
- Pourquoi ? Je croyais que tu ressentais la même chose que moi.
- Je suis bien avec toi, ici, dans ces circonstances. Mais tout ça est irréel. Tu m'as dit toi-même que tu aimais faire la fête avec tes amis. J'ai entendu tes parents dire qu'avec les filles tu passais de bras en bras, et que tu n'arrivais pas à construire de relation sérieuse. Je ne suis pas ainsi. Je sors d'une rupture et ne veux plus souffrir.
- Mais, tu ne comprends pas Lauren, je suis amoureux de toi. Je ne l'ai jamais dit à aucune autre fille, et je suis très sérieux. Je n'avais jamais ressenti un tel sentiment. J'ai changé.
- Je veux penser que tu es sincère. Néanmoins, je reste persuadée que si nous étions dans la vraie vie, tu aurais vite fait de m'évincer.
- As-tu si peu confiance en toi pour parler ainsi ?
- Non, c'est en toi que je n'ai pas confiance.
- Donc, pas de baiser ?
- Non, ça ne servirait à rien. Je ne t'aime pas « d'amour ».
- Si, tu m'aimes, mais tu ne le sais pas encore.
- Tu te trompes.
- Tu refuses la réalité.

Lauren se met en colère. Les larmes redoublent. Tout en s'enfuyant, elle lui crie.

- Tu parles de réalité, d'amour ! De vie ! Tu ne vois pas qu'ici, tout ça est obsolète ! Que pouvons-nous faire à part traîner dans les couloirs et assister au désarroi de nos familles ? Pourquoi sommes-nous ici ? Qui est à l'origine de tout ça ? A quoi servons-nous ? J'en ai marre de cette situation. Laisse-moi tranquille avec tes contes de fée, tes espoirs et tes promesses. Je préfère mourir une bonne fois pour toutes.

Quelques minutes plus tard, Fernand la retrouve dans un coin de son box, assise par terre, les bras entourant ses genoux repliés. Il s'assoit près d'elle avec un sourire timide. « Tu boudes ? » lui demande-t-il, doucement. Elle ne répond pas, se contentant de lui envoyer un regard contrit. Il passe son bras autour de ses épaules. Il sait ce qu'elle ressent. Lui aussi aimerait que les choses soient différentes. Elle se sent fatiguée, vide, désemparée. Elle a besoin d'affection, de tendresse, de réconfort. Elle laisse aller sa tête contre lui. Et puis, sans bien savoir comment, ni pourquoi, leurs lèvres se joignent. Leur baiser est brûlant, passionné, magique. Elle se laisse aller. Mais tout à coup, Lauren réalise. Elle le repousse brusquement, en criant : « je ne veux pas !»
Soudain, elle s'élève devant lui, grande, belle, lumineuse. Ses pieds quittent le sol. Elle ne maîtrise rien. Que lui arrive-t-il ?
Il la regarde, abasourdi, sidéré. Petit à petit sa silhouette s'estompe. « Noooon », crie-t-il de désespoir, essayant de la retenir. En vain. Elle disparaît.

Pour lui, pour elle, c'est terminé.

Tandis que des infirmières, alertées par l'affolement des monitorings, accourent au chevet de Fernand, Lauren, dans son lit, ouvre les paupières en prononçant un mot inaudible. Est-ce « Maman ? », « Fernand ? ».

La jeune fille a du mal à croire que son sommeil a duré autant de semaines. Elle ne se souvient pas des circonstances de son accident. Ni de la rupture de son fiancé. Etonnamment, elle n'en n'éprouve aucune tristesse, comme s'il s'agissait de l'histoire d'une autre.

Ses parents lui expliquent leur chagrin, leurs soucis quant à sa guérison, les longues heures passées à son chevet, essayant parfois de lui parler et désespérant de n'obtenir aucune réponse. Elle a la sensation de savoir déjà tout cela.

Sa famille, ses amis, lui rendent visite. Pas un seul après-midi elle ne se trouve seule. Cependant, personne ne reconnait « la Lauren d'avant l'accident ».

Avant, elle était une jeune fille enjouée, toujours prête à sortir, à voir du monde, ouverte à tout. Elle était toujours de bonne humeur et avait foi en l'avenir.

Maintenant, elle ne sourit plus, ne s'intéresse plus aux autres, ne réagit pas lorsqu'on lui fait une annonce, ses yeux sont éteints. Elle donne l'impression que tout lui est égal. Son entourage pense qu'elle déprime à cause de la rupture de son fiancé. Mais elle le sait bien, elle, que cela n'a rien à voir. Même si elle n'en connaît d'ailleurs pas la raison. Elle ressent un immense vide au fond d'elle-même, comme s'il lui manquait quelque chose. Elle a commencé la rééducation de ses membres, endoloris après tant de temps restés inertes, mais les progrès sont lents. Lorsque le corps médical évoque la nécessité d'un départ dans une maison de rééducation spécialisée, elle refuse catégoriquement. Elle ne veut pas quitter cet hôpital. Il lui semble que si elle partait, un drame se produirait.

Un jour sa mère lui dit : « Si tu continues ainsi, c'est à l'asile que tu vas finir». Elle ne répond pas, mais s'inquiète malgré tout. Elle se pose des questions elle aussi. Parfois elle a la sensation de ne pas être seule dans sa chambre, que quelqu'un rôde autour d'elle, comme s'il s'agissait d'un fantôme. Mais elle ne croit pas aux fantômes. Cela ne peut être que le fruit de son imagination.

Devant le mutisme de sa fille, sa mère s'énerve :

- Tu imagines la chance que tu as d'être sortie du coma ? On dirait que tu le regrettes, que tu ne veux pas vivre. Tu ne fais aucun effort pour ta convalescence ! Lorsque je pense qu'il y avait un jeune avec toi en réanimation, et qu'il y est encore ! Sa mère était tellement contente pour moi, pour toi. Si elle te voyait, elle ne comprendrait pas pourquoi tu t'es réveillée, toi, et pas son fils. Elle dirait qu'il aurait mérité bien plus que toi de s'en sortir, et je ne pourrais l'en blâmer. Je l'ai vue tout à l'heure, elle pleurait parce qu'on lui a dit qu'il ne se réveillerait peut-être jamais. Ils lui ont demandé la permission de le « débrancher ». Pauvre Fernand.

Lauren a la sensation de recevoir un électrochoc. Soudain, elle réagit :

- Qu'as-tu dit, là, maman ? Comment il s'appelle ?

- Fernand, pourquoi ? répond sa mère, décontenancée.

Les yeux de la jeune fille s'illuminent, au fur et à mesure que ses pensées, tourbillonnantes, prennent place dans sa tête. Tout lui revient en mémoire. Elle croyait avoir rêvé... Fernand ! Avec un prénom pareil, ce ne peut être une coïncidence. Mais quand même... C'est impensable ! Sa raison essaie de lutter contre elle. Et si malgré tout, cela n'avait pas été un rêve... Elle voulait en avoir le cœur net. Mais elle ne pouvait pas courir.

- Maman, emmène-moi en réa.
- Pour quoi faire ? Tu ne le connais pas, ce Fernand. De plus, les visites sont terminées à cette heure-ci.
- S'il te plait maman. Emmène-moi. C'est pas grave, les horaires. Je pense qu'on me laissera entrer, tu verras. Ne perds pas de temps à me poser des questions. Je te dirai tout ce que tu veux après, mais pour l'instant, il faut que j'aille le voir.

Dubitative, peu convaincue, la mère s'exécute. Que ne ferait-elle pour retrouver sa fille « d'avant ». Elle approche le fauteuil roulant de sa fille, l'installe dedans, et la pousse en direction du service de réanimation.

Evidemment, elles se heurtent au règlement. L'infirmière de service ne veut pas leur ouvrir. Lauren ne se démonte pas. Dans l'interphone, elle demande :

- Vous êtes Brigitte, ou Martine ?
- Martine, pourquoi ?

- Alors, écoutez-moi bien. Je n'aime pas faire ça, mais si vous ne me laissez pas voir Fernand, je raconte à tout le monde votre petit secret concernant un certain médecin. Je vous donne des détails ?
- Comment pouvez-vous savoir ça ?
- Si je vous le disais, vous ne me croiriez pas. Vous m'ouvrez ou pas ?

Pour toute réponse, le déclic de la porte vibre. Lauren n'en revient pas. Son intuition était donc la bonne. Elle pénètre dans le sas d'entrée. Sa mère l'aide à enfiler les vêtements de protection, et tout doucement, de quelques tours de roues de fauteuil, elle arrive au chevet de Fernand. Elle le reconnait. Elle sait à présent qu'elle n'avait pas rêvé. Ce vide qu'elle ressentait dans sa chambre d'hôpital était un manque de lui. Présence et absence s'opposaient. Voilà pourquoi elle se sentait si mal. Il la cherchait, elle ne le savait pas. Tout est clair maintenant. C'est lui qu'elle veut ! Oubliées toutes ses peurs, oubliées toutes ses réticences, ses appréhensions. Elle veut vivre, maintenant. Vivre avec lui, auprès de lui. Elle lui prend la main.

- Fernand, lui dit-elle, je suis revenue. Tu avais raison, il faut tenter. Je t'aime, moi aussi. Je veux parcourir un bout de chemin avec toi, voire plus, si tu veux encore de moi. Je te demande pardon. Je sais que tu m'entends. Réveille-toi. Je suis d'accord pour tout.

Rien ne se passe. Elle désespère.

- Mais qu'est-ce que je peux faire ? Dis-moi. Fais-moi un signe. S'il te plait. Si tu savais comme je regrette.

Il ne bouge pas plus. Des larmes, qu'elle ne cherche même pas à retenir, ruissellent sur ses joues.

- Tu dois te dire que je ne suis qu'une idiote de penser que tu vas te réveiller comme ça, tout simplement, parce que je te le demande. Tu as raison, je ne suis qu'une idiote… de n'avoir pas assez cru en toi. J'ai eu tort et je le déplore. Je t'en prie, Fernand, reviens dans notre monde. Je sais que tu ne peux pas maitriser ton retour, mais il doit bien y avoir un moyen. On ne s'est quand même pas rencontrés pour rien. Je t'aime. Si nous nous aimons assez tous les deux, ça devrait suffire. Ou quoi ? Que faut-il ? Si je le savais…

Soudain, une idée lui vient : « C'est un baiser qui m'a ramenée à la vie, alors peut-être que… »
Mue par une force incontrôlable, elle se lève doucement en s'aidant des accoudoirs du fauteuil. Elle se penche vers le visage du jeune homme, et pose ses lèvres sur les siennes.

Dans l'instant, comme s'il n'attendait que cela, Fernand répond à son baiser.

Enfin, « Le Beau à l'hôpital dormant », s'est réveillé.

UNE FLEUR S'EVEILLE

Je musardais tranquillement dans une galerie marchande, lorsque mon regard fut attiré par une vitrine particulièrement attrayante. Je m'arrêtai, en admiration devant des dessous féminins, très suggestifs. Camille, la vendeuse de la boutique, fit son apparition.

- Puis-je vous renseigner ? me demanda-t-elle, gentiment.

Je rougis, et répondis, avec un embarras impossible à dissimuler, que « non, je ne faisais qu'admirer ».
Elle était très perspicace, et comprit que mes paroles ne reflétaient pas mes pensées. Je ne sais comment elle s'y prit, mais elle entama la conversation et, petit à petit, sans même m'en apercevoir, je pénétrai à l'intérieur du magasin. Elle ne me parla pas du tout des produits qu'elle vendait, ne m'en fit même pas l'article. Une heure après, elle me faisait des confidences. A moi, qu'elle ne connaissait pas ! Quelle confiance ! Un sentiment de fierté m'animait. Moi, petite personne insignifiante, sans grande envergure, mal dans ma peau, j'avais su inspirer la confiance d'une belle jeune femme délicate et sensible.

C'était il y a six mois.

Elle m'avait fait promettre de repasser la voir, ce dont je m'exécutais, dès la semaine suivante, puis toutes les autres semaines. Une amitié était née. Alors que je n'aurais jamais pensé pouvoir y parvenir un jour, j'en vins très vite à me livrer moi aussi. Je m'épanchais à propos de mon mal-être, de ma timidité maladive, de mon manque d'assurance, de ma vie sociale quasi inexistante. Elle m'écouta attentivement, et me révéla que, pour avoir été dans le même cas que moi, quelques années auparavant, elle ne pouvait que me comprendre. Je n'osais la croire. Elle, que j'admirais tant, ne pouvait avoir ressemblé à l'idée que je me faisais de ma propre personne. Elle voulait m'aider, si je le désirais.

- Mais si, je t'assure, m'affirmait-elle. Je sais très bien ce que tu ressens. Tu as envie de changer, mais tu n'oses pas, parce que tu te dis que ce ne peut être possible, que cette vie t'est inaccessible, donc pas pour toi. En fait, tu as peur. Ça remet en questions beaucoup de choses dans ta vie. Crois-moi, il s'agit d'un gros effort, mais ça vaut vraiment le coup. C'est une évolution très salutaire. Je me sens tellement bien maintenant. Il faut juste franchir le cap. Après, tout devient facile.
- Oui, on dit que c'est le premier pas qui coûte. Mais quand même... on ne bouscule pas ses habitudes, ni sa façon de penser du jour au lendemain.
- Bien sûr que non. Mais je suis là. Je peux te conseiller, et surtout t'encourager. Alors tu es d'accord pour t'embarquer sur le même bateau que moi ?
- Tu ne me lâcheras pas ?
- Non, ne t'en fais pas. Je serai avec toi jusqu'au bout. Tu ne le regretteras pas, fais-moi confiance, avait-elle conclu.

C'est ainsi que Camille réussit à me persuader de sauter le pas.

Je savais que cela n'allait pas être très facile, mais je devais le faire. Cela m'était devenu vital. Elle m'aida énormément pour arriver à ce jour. Sans elle, je n'aurais jamais trouvé le courage d'aller au-delà de mes espérances.

Lorsque le réveil a sonné, trop tôt à mon goût, comme toujours, mais encore plus ce matin, mes premières pensées ont été pour cette fin de journée.

Ce soir, Camille tiendra le rôle de ma marraine. Elle sera là pour m'épauler.

Machinalement, j'ai déjeuné mais n'ai pu avaler grand-chose. J'ai pris une douche, et ai enfilé mes vêtements sans y faire vraiment attention. Très vite, l'heure de me rendre à mon bureau est arrivée. J'aurais pu prendre un jour de congé, afin de me préparer psychologiquement, mais j'avais pensé qu'y aller m'aiderait à ne pas trop me torturer l'esprit, dans l'attente de la soirée. Il n'en fut rien. La hantise de ce futur évènement est restée présente dans ma tête tout au long de la journée. Elle en avait pris possession. L'angoisse était omniprésente. J'ai manqué de concentration, mon travail s'en est ressenti. Plusieurs fois, j'ai dû me reprendre.

Au moment du repas, fidèle à son engagement, Camille a eu la délicatesse de me téléphoner :

- Ça va ?
- Je ne dirais pas ça comme ça, répondis-je.

- Ne t'inquiète pas, c'est l'anxiété, c'est normal.
- Ah oui, pour parler d'anxiété, tu peux. Je me pose tellement de questions.
- De quel genre ?
- Si on ne m'acceptait pas ?
- Il n'y a aucune raison.
- Peut-être, mais si je ne plaisais pas ?
- Aie un peu plus confiance en toi.
- Et si je n'étais pas à la hauteur ?
- Si, si, si. Arrête de t'angoisser. Demain, tu te trouveras ridicule d'avoir éprouvé autant d'inquiétudes.
- Ou alors je regretterai de t'avoir écoutée.
- Tu veux qu'on parie ?
- Je suis à deux doigts de faire machine arrière.
- Tu n'as pas intérêt ! Depuis le temps que nous préparons cette nouvelle aventure, ce serait dommage de ne pas aboutir. Et puis, je t'en voudrais énormément. Je ne veux donc plus aucune objection. Je t'attends ce soir comme convenu.

Sur ce, elle a raccroché, sans me donner l'opportunité de répondre. Je sais qu'elle a raison. Cela m'a fait du bien de parler un peu avec elle. C'est toujours rassurant de savoir que quelqu'un nous comprend et nous soutient.

Me voilà, maintenant, chez moi. Le moment tant attendu est arrivé. Il est l'heure de me préparer. J'ai l'impression que mes intestins dansent la rumba dans mon ventre. Ils me font mal.

Le cœur battant, j'ouvre la porte de l'armoire où sont rangés mes vêtements, un peu singuliers il est vrai, achetés quelques jours auparavant dans une boutique spécialisée. « Tu verras, les employés sont très gentils, m'avait précisé Camille, surtout avec les nouveaux clients. Il y a tout ce dont tu peux avoir besoin, habits, chaussures, accessoires. Ils sauront te guider. » Elle avait raison. La personne qui s'est occupée de moi a ciblé tout de suite ma personnalité. Chaque robe présentée me seyait à la perfection. Le choix fut difficile. De taille moyenne, mince, je considère que mon physique est plutôt banal. On dit pourtant que les traits fins de mon visage, ma peau claire, presque diaphane, mes cheveux blonds et courts, mes yeux couleur océan, me confèrent un air angélique.

Je prends une douche revigorante. J'applique ensuite sur ma peau un voile parfumé, aux senteurs florales et légèrement épicées. J'enfile des sous-vêtements de dentelle que m'a conseillés Camille, et rajoute un peu d'ouate dans mon soutien gorge afin de gonfler ma poitrine. Délicatement, je recouvre une de mes jambes d'un bas de soie. C'est la première fois que je porte ce genre d'accessoire. Je suis un peu malhabile, je dois m'y reprendre plusieurs fois. Heureusement, mon amie m'a expliqué comment procéder. Je finis par y arriver. Le pied, tout d'abord puis, sensuellement, je remonte de mes deux mains, la fine texture vers mon mollet, mon genou, ma cuisse, et je la fixe au porte-jarretelles. Je passe à la deuxième jambe. Je ne m'en sors pas si mal. C'est un jeu d'enfant, finalement. Ma robe de lamé rouge, moulante et très courte, semble avoir été taillée sur mesure. Puis, j'en arrive au maquillage. Tâche pas très aisée pour moi qui n'en n'ai jamais utilisé. Crème hydratante, fond de teint, poudre libre, blush, fard à paupière, eye-liner, rimmel, crayon et rouge à lèvres, tout m'est nouveau. J'ai dû me renseigner, visionner des vidéos sur la toile, et recueillir les conseils avisés de Camille. Il a fallu aussi que je m'entraîne. Ce soir, je réussis tout parfaitement. «Ah, j'allais oublier l'essentiel, il ne faudrait pas que l'on me reconnaisse», me dis-je tout haut, comme pour me rassurer. Je me dirige vers une petite étagère où se tient, bien coiffée, sur un support de polystyrène, une perruque brune et bouclée. En un tour de main, je la fixe en prenant garde de ne pas laisser dépasser un cheveu blond, qui aurait pu trahir mon subterfuge. Je chausse des escarpins à talons aiguilles, dépose sur mon épaule un petit sac à bandoulière. Je n'ai pu résister à l'achat de ces accessoires, assortis à la couleur de la robe, et puis, la vendeuse était tellement convaincante. Voilà, j'ai terminé de me préparer. J'observe le résultat devant la psyché. « Ma mère serait incapable de me reconnaître » me dis-je, avec satisfaction, face à l'image que me renvoie le miroir.

Un coup de klaxon retentit au dehors. Mon taxi est arrivé. J'enfile prestement une veste, et sors de mon petit appartement. Lentement, je descends les deux étages qui me séparent de l'extérieur. Mes hauts talons me contraignent à m'agripper à la rampe. Finalement, je franchis le perron. La moiteur de ce début de soirée d'été m'atteint en plein visage. Le véhicule est garé le long du trottoir. Son chauffeur attend patiemment, adossé contre celui-ci. En me voyant arriver, un large sourire illumine son visage buriné. J'aperçois dans ses yeux comme une lueur d'admiration. Ou me fais-je des idées ?

- Bonsoir Mademoiselle, me dit-il, c'est vous qui avez commandé un taxi ?
- Oui, c'est bien moi. Bonsoir Monsieur, je réponds. Pouvez-vous me conduire au « Cocktail Explosif », s'il vous plait ? Il s'agit d'une boite de nuit. Vous connaissez ?
- Oui, bien sûr Mademoiselle. Nous y serons dans dix minutes.

Il m'a appelée « Mademoiselle ». Quel plaisir ! Je me délecte de ces paroles.

Le trajet est court. Trop court, à mon goût. J'ai peur. Le doute m'assaille. Si Camille ne m'attendait pas devant le night club, je renoncerais. Elle vient de m'envoyer un texto pour m'avertir qu'elle était arrivée, déjà ! Je ne peux plus reculer.

L'auto s'immobilise devant une façade encadrée de néons roses et bleus qui clignotent. Un homme grand et costaud, style « armoire à glace », fait le pied de grue devant la porte. Un vigile, certainement. Une affiche sur le côté annonce les festivités de la soirée. Un groupe de trois personnes est absorbé à la consulter. A l'opposé, Camille qui guettait mon arrivée, me fait un signe de la main. Mon cœur bat la chamade dans ma poitrine. Je règle ma course tandis que mon amie me rejoint. J'essaie de me conduire avec un naturel que je suis très loin d'éprouver.

Les dés sont jetés. Ce soir, je me lance. Je fais mon entrée dans le monde de la nuit. Je change d'identité. Il s'agit pour moi, d'une renaissance. Je me sens semblable à une fleur qui éclot. C'est pour cela que j'ai choisi ce nom à la consonance si douce, et par lequel on va dorénavant me nommer : « Fleur ». Il évoque la sensualité, la féminité à laquelle je n'avais pas droit jusqu'à présent. Il est tellement opposé au prénom que m'a donné ma mère à ma naissance : Pierre.

J'aurais tant aimé être une femme.

LA VISITE CHEZ LE GYNECOLOGUE

Ce matin Claire a rendez-vous chez le gynécologue. Comme beaucoup de femmes, ce ne sera pas un moment très agréable, mais il faut ce qu'il faut... Elle se douche. Elle fait particulièrement attention à sa toilette intime, il ne faut rien négliger.

A l'heure convenue, elle se trouve dans la salle d'attente, seule. C'est étrange, d'habitude il y a beaucoup plus de monde dans la pièce. Elle est assise depuis à peu près cinq minutes lorsque la secrétaire l'appelle. « Tiens, le docteur est à l'heure aujourd'hui, se dit-elle ».
Elle entre dans le cabinet, et prend place sur le siège, face au médecin.

- Alors Madame Barnaby, qu'est ce qui vous amène, aujourd'hui ?
- Il s'agit juste d'une visite de contrôle. Vous m'avez annoncé que j'étais presque ménopausée la dernière fois. Je pense que c'est effectif. Je n'ai plus de règles depuis six mois. Je viens surtout pour que vous me le confirmiez. Je pense que c'est dans la logique des choses, je viens d'avoir cinquante cinq ans.
- Eh bien, nous allons voir cela. Veuillez passer dans la pièce à côté, et déshabillez-vous. »

Claire a l'habitude de ce genre d'examen, elle a eu quatre enfants. Le médecin l'a assistée pour chaque grossesse. Elle a confiance en lui. Elle s'installe sur la table gynécologique. Néanmoins, son cœur bat légèrement plus fort. Après tout, c'est son intimité qui est concernée.

Comme toujours, avec professionnalisme, le praticien débute son examen.

Une moue dubitative se dessine sur son visage. Intriguée, Claire n'a pas le temps de l'interroger sur la raison de sa mimique. Il se met à lui poser des questions pour le moins assez inattendues :

- Vous dormez bien ?

Intriguée, elle répond :

- Pas trop en ce moment, il est vrai.
- Vous ne ressentez pas de maux de ventre ?
- Non pas du tout.
- N'avez-vous pas pris un peu de poids ces derniers temps ?
- Oui deux ou trois kilos, mais il paraît que cela fait partie des symptômes de la ménopause, je ne m'inquiète pas.
- Pas de vomissements ?
- A part une petite crise de foie la semaine dernière, non.
- Bon. Il va falloir que vous fassiez une échographie.
- Y a-t-il un problème, docteur ?
- Rhabillez-vous et venez vous asseoir à mon bureau. Je vais vous expliquer.

Très inquiète, Claire ne perd pas de temps. Des idées tournent dans sa tête « que m'arrive-t-il ? Pourvu que cela ne soit pas grave ». En moins de cinq minutes, elle se retrouve à nouveau assise, face à son médecin, ses questions muettes dans les yeux. Il prend la parole :

- A priori, d'après votre l'utérus, vous êtes enceinte de quatre mois et demi, à peu près. L'échographie devrait le confirmer.
- Mais, docteur, ce n'est pas possible, je suis trop vieille, j'ai cinquante-cinq ans, vous le savez !
- Avec la nature tout est toujours possible.
- Mais… Non… Je ne peux pas… Pas à mon âge… C'est inconcevable… Je ne peux pas le garder… Vous vous rendez compte ? J'en ai déjà quatre ! De plus ils sont déjà grands. Il me faut une IVG…
- Vous n'avez pas d'alternative, Madame Barnaby, le délai légal est dépassé. Bien sûr il va falloir faire des examens complémentaires, mais pour moi il n'y a aucun doute, le col de votre utérus est bien fermé. Il y a juste à vérifier la date présumée de l'accouchement.

Claire est effondrée. Le médecin lui donne les informations nécessaires quant à la suite à donner du point de vue médical. Elle quitte le cabinet. C'est une catastrophe ! Elle ne se voit pas recommencer les biberons, les couches, l'éducation, l'école, les maladies, les nuits blanches. Et puis, comment va réagir son mari ? Et ses enfants qui sont déjà parents eux-mêmes ? Les neveux et nièces seront plus âgés que l'oncle… ou la tante… Elle se pince très fort pour vérifier qu'elle ne rêve pas. « Aïe ! », elle a mal. Non, elle est bien éveillée !

Elle rentre directement à la maison et se réfugie sur le canapé. Elle mesure l'ampleur de cette situation. Son quotidien est complètement remis en question. Elle n'ose pas téléphoner à son époux pour lui annoncer cette nouvelle. Elle passe le reste de la journée prostrée. Même à l'heure du repas elle ne bouge pas. A force de pleurer elle finit par s'endormir, mais pas longtemps, car elle fait un cauchemar : elle donne le jour à un monstre.

Au retour de son mari, en fin d'après midi, les larmes ont cessé. Elle ne sait comment s'y prendre pour lui faire part de son état. Mais son visage livide parle pour elle.

- Ça ne va pas ? lui demande-t-il.
- Non.
- Qu'est-ce qu'il y a ? Tu es malade ?
- Je suis enceinte.
- Ah, ah, ah ! Elle est bonne celle-là ! Et moi je suis le roi d'Angleterre ! Mais pourquoi tu te mets à pleurer ? Je n'ai rien dit de mal… Non ! C'est pas vrai ? Si ? C'est pas possible ! Tu es réellement enceinte ?

Elle opine de la tête. Il a compris, accuse le choc. Sans un mot de plus, il la prend dans ses bras. Il reste silencieux un certain temps, puis, se dégageant de son étreinte, il lui dit : « Ecoute, des problèmes, on en a eus dans notre vie, et on s'en est toujours sortis. C'en est un de plus à résoudre. On va y réfléchir sereinement. Alors pour ce soir, on n'en parle plus. La nuit porte conseil, et demain on avisera. »

Après un repas frugal, ils finissent par aller se coucher de bonne heure, ils sont las. Aucun des deux n'a eu envie d'évoquer à nouveau ce sujet épineux.

Au petit matin, Claire se sent fatiguée. Elle n'a pas l'impression d'avoir beaucoup dormi. Elle s'aperçoit que son mari aussi est déjà réveillé. Elle s'adresse à lui :

- Ecoute, je pense que nous devons prendre les choses du bon côté : il vaut mieux avoir un enfant non désiré plutôt qu'en perdre un.
- De quoi parles-tu ?
- Du bébé, tu as oublié ?
- Tu es complètement folle, tu as vu l'âge que tu as pour avoir un bébé ?
- Enfin ! Je ne vais pas le tuer ! Je te rappelle que le docteur m'a dit textuellement « le délai légal est dépassé », après ça devient un meurtre.
- Mais de quel bébé parles-tu ? Tu as rêvé ou quoi ?

A ce moment, les yeux de Claire se posent sur la date affichée sur le cadran du réveil : c'est le jour de son rendez-vous chez le gynécologue.

L'arrivée du spaciocone

Sur la planète Kyros, dans l'état de Molossi, Madame K. attendait depuis une heure sur le pas de la porte. Elle éprouvait l'étrange sensation qu'il allait se passer quelque chose, mais quoi ? Elle était soucieuse. Elle fit part de son inquiétude à son époux, mais celui-ci, tout occupé à sa lecture, l'ignora. Elle retourna scruter l'horizon. Sa jolie maison tout en colonnes de cristal donnait sur un lac asséché, où un verger avait été planté. Il s'y trouvait des arbres, desquels coulait du café, du jus de fruit, de la liqueur, selon leur couleur, déterminée par le temps qu'il faisait.

Soudain, les nuages devinrent violets et cachèrent le soleil. Le vent se leva, balançant les arbres, un coup vers la droite, un coup vers la gauche, leur faisant faire un tour sur eux-mêmes, puis recommençant le manège. Monsieur K. vint rejoindre son épouse. La jolie musique de son livre numérique était devenue cacophonique. Lui aussi paraissait inquiet tout à coup. Le sol se mit à trembler. Un terrible fracas retentit, et là, dans un violent éclair orange, zébré de vert fluo, une énorme masse s'abattit sur la plantation, écrasant quelques arbres, dans une poussière rouge. Monsieur et Madame K. étaient terrifiés. Ils n'avaient jamais vu pareil spectacle, n'avaient jamais entendu parler d'un tel événement auparavant.

Lorsque la poussière fut retombée, ils purent distinguer un monument en forme de cône. Il était lisse de toutes parts, et avait pris la même couleur que le sol sur lequel il s'était posé. Un point apparut à la base de l'engin. Cette marque commença à s'étirer vers la partie supérieure, croquant une ligne droite et penchée. A une hauteur d'à peu près deux mètres, le tracé retomba vers le bas afin de former un cône, identique à l'étrange appareil, mais plus petit. Comme par enchantement, la figure dessinée se détacha de la paroi, pour s'ouvrir. Une porte venait de se former. Une chose ressemblant à un cône en sortit. Elle représentait une créature tout en cônes. La tête en était un, les yeux, le nez, la bouche, le cou, le corps, les bras, les jambes, les pieds, tous ces éléments étaient des cônes, reliés les uns aux autres, constituant une personne. Celle-ci s'approcha de Monsieur et Madame K., effrayés. Elle essaya de leur adresser des paroles, incompréhensibles pour les autochtones. Monsieur K. rassemblant tout son courage lui dit : « j'ai l'impression que vous voulez nous dire quelque chose, mais nous ne vous comprenons pas. »

L'individu émit un bruit surprenant tout en tournant sur lui-même : « dling, dling, dling... ». Tout à coup, il s'exprima parfaitement d'une voix métallique, et dans la langue adéquate :

- Merci de m'avoir parlé, cela m'a permis de régler mon élocution sur la même onde que la vôtre. Maintenant, vous pouvez me comprendre. Je m'appelle Cônicut. Je viens de la planète Cônant. J'étais en voyage dans la galaxie lorsque mon spaciocône a montré des signes de faiblesse. J'ai été obligé de me poser en catastrophe. Je suis pacifiste, et ne vous veux pas de mal. Il faut juste que je répare mon vaisseau, vous est-il possible de m'y aider ?

- Je ne sais pas si nous pouvons, répondit Monsieur K. Nous devons en référer à l'Ancien. Il est en quelque sorte notre chef, et possède tout pouvoir sur la communauté. Il va falloir que vous patientiez ici, le temps que nous le contactions.
- C'est OK pour moi, je retourne à mon spaciocône. En attendant, je vais évaluer les dégâts.

Monsieur K. revint une heure après, en compagnie de l'Ancien. Celui-ci était vraiment très vieux. Un peu recroquevillé, il arborait des cheveux gris très longs, rassemblés sur la nuque en queue de cheval. Une barbe blanche lui descendait jusqu'aux genoux. Il portait une robe argentée, rehaussée de liserés dorés sur l'encolure.

Seuls les Anciens, élites de cet univers, pouvaient porter ce genre de vêtement. Ils étaient une centaine à veiller sur le bon fonctionnement de celui-ci, tous âgés de plusieurs centaines d'années. Personne ne savait combien exactement. Ils possédaient des connaissances appelées « connaissances suprêmes ». Ils savaient répondre à n'importe quelle question, et régler n'importe quel problème. Il était d'ailleurs interdit aux habitants de prendre quelque initiative que ce soit sans les avoir sollicités. Les « Cent », nom qui leur était également donné, avaient trouvé il y a plusieurs siècles de cela, la formule qui accédait à l'immortalité. Si tout le monde devenait éternel, il n'y aurait pas eu suffisamment de place sur la planète. Il fut donc décidé qu'ils garderaient bien jalousement le secret. Ils règneraient en maîtres sur celle-ci. Ils s'étaient partagé le territoire en cent parties égales et chacun régnait sur l'une d'elles. Ils se réunissaient une fois par mois pour faire le point sur des dysfonctionnements éventuels.

Tout était régulé.

Lorsque les gens atteignaient cent ans, une joyeuse cérémonie était organisée. Il y avait de la musique, de la danse, des chants. Elle s'appelait « la fête du départ ». Les centenaires disaient alors au revoir à leur famille, et à tous leurs amis. A la fin, ils s'allongeaient sur un lit roulant orné de fleurs, fabriqué pour l'occasion. L'Ancien leur faisait une piqûre, et ils cessaient de vivre dans leur société. Ils disparaissaient ensuite, sur leur couche, derrière une grande porte dorée qui ne s'ouvrait que pour cette occasion. Par delà ce passage, on ne distinguait que du noir. Le néant.

On leur avait expliqué qu'ils étaient conduits vers un autre univers, où ils retrouvaient tous les êtres déjà partis. Celui-ci était tellement beau et agréable, que nul ne souhaitait en revenir. Etre séculaire était la seule condition pour y accéder. Ils avaient le droit, privilège ultime, d'emporter des messages, ou des lettres écrites par les personnes qui restaient, à l'attention de leurs disparus.

En fait, ils étaient tout simplement « euthanasiés » et incinérés.

Si quelqu'un mourait avant cent ans, ce qui était extrêmement rare, car ils étaient immunisés contre toutes les maladies, et les accidents restant vraiment exceptionnels, aucune fête n'avait lieu. A chaque « départ » dans l'autre monde, un jeune couple obtenait l'autorisation d'avoir un bébé. Ce dernier était conçu dans des éprouvettes, avec des gènes bien choisis, en fonction du QI, et mené à terme par une mère porteuse. Sa destinée était toute tracée. Un garçon remplaçait un homme, et une fille prenait la place d'une femme. Toutes les professions disposaient d'un quota. Un futur plombier se substituait à un plombier qui disparaissait. Les parents nourrissaient leur enfant jusqu'à l'âge de dix huit ans, c'était la phase dite « d'insouciance ». Venait ensuite la phase d'étude, où il était pris en charge en pensionnat, pour aller en classe jusqu'à vingt-deux ans. Il y recevait une formation ciblée, selon ce qui était prévu pour lui. Quel que soit le projet professionnel, les études duraient quatre ans. Ensuite, il avait le droit de vivre en couple à partir de vingt-cinq ans. Les mariages n'existaient pas, mais la femme pouvait porter le nom de son compagnon si elle le désirait. Celle-ci ne devait pas travailler, sa tâche principale étant de s'occuper de la maison. Elle ne préparait donc aucun métier, et allait en classe juste pour apprendre à lire, à compter un peu, et surtout à devenir une bonne ménagère. Il y avait autant d'hommes que de femmes et chacun devait vivre en couple. S'ils ne trouvaient pas l'âme sœur, un tirage au sort parmi les célibataires était effectué le jour de leur vingt-sixième anniversaire. L'homme travaillait jusqu'à soixante-quinze ans, et bénéficiait ensuite d'une retraite jusqu'à cent ans. Les livres qu'ils possédaient n'avaient que des images, ils racontaient vocalement des histoires féeriques sur un fond de musique.

On leur inoculait un vaccin à la naissance, avec un rappel tous les cinq ans, ce qui les rendait très dociles. Officiellement, il s'agissait d'une injection contre les maladies graves, ce qui était en partie vrai. Mais officieusement, il était rajouté un sérum, afin de neutraliser toute volonté de mutinerie éventuelle. Il arrivait, rarement, que ce dernier ne fasse pas effet. Dans ce cas là, la personne posait beaucoup de questions, essayait de comprendre, de s'instruire. Elle était alors emprisonnée à vie, car considérée comme insoumise. Nul ne la revoyait. Elle était en fait également « euthanasiée ». C'est pour cela que derrière la façade de la prison il n'y avait rien, mais cela nul ne le savait, hormis...

Lorsque l'Ancien s'approcha de Cônicut, celui-ci fut secoué de désagréables vibrations. Lui seul les ressentait, mais il n'en laissa rien paraître.

- Nous n'aimons pas les étrangers sur cette planète. Nous vivons dans un monde pacifiste, réglé, sans problèmes. Vous représentez pour nous une menace. Il faut que vous repartiez sur-le-champ.
- J'aimerais bien ne pas vous importuner. Mais mon engin spatial présente des problèmes majeurs. J'ai réussi à me poser en catastrophe. Il me faut le réparer. J'ai absolument besoin de votre aide, si vous le permettez. Je ferai le plus rapidement possible. Je serai très discret. D'ailleurs, j'ai envoyé un message à mes compatriotes pour leur faire part de ma situation, leur dire qu'il n'était pas nécessaire de me rechercher et d'attendre mon retour.
- Je vous préviens, si vous attirez d'autres gens de votre espèce, nous vous exterminerons tous.
- J'en suis conscient, ne vous en faites pas, je partirai dès que possible.
- Vous ne vous adresserez qu'au commandement suprême, c'est-à-dire « Moi ». Faites la liste de tout ce dont vous avez besoin, ensuite venez me voir, je vis en

haut de cette colline dans la grande maison. Ce chemin y mène directement. Je vous fournirai le matériel nécessaire. En attendant, je vous interdis de parler à quiconque. Si vous ne les importunez pas, ils vous laisseront tranquilles. Sachez qu'ici tout le monde est surveillé. Et vous, le serez encore plus.

Sur ce, il tourna les talons. Il alla voir Monsieur et Madame K., leur parla longuement, les regarda rentrer chez eux, et s'en alla.

Cônicut avait menti. Il n'avait pas la possibilité d'envoyer de message à ses compatriotes. Son transiscône était également détérioré, mais il avait compris que ce mensonge lui sauverait la vie. Chez lui, sur Cônant, le bonheur régnait. Tous les habitants avaient le pouvoir de détecter ceux qui y étaient réfractaires. Bonté, tolérance, altruisme, étaient les maîtres-mots. Cônicut avait ressenti l'animosité de l'Ancien. Il s'activa donc à dresser la liste des pièces nécessaires à la réparation de son spatiocône. Le deuxième jour, il se rendit chez le vieillard. Ce dernier habitait un luxueux palais surplombant la ville. Il lui expliqua comment se passait la vie sur Molossi, lui faisant comprendre que son arrivée ne pouvait que perturber la population, c'est pourquoi il le pressait de terminer ses réparations au plus tôt. Cônicut comprit bien vite que ce personnage agissait en dictateur, que ses pairs devaient certainement procéder de même, et que les pauvres kirossiens étaient manipulés et exploités. Sa nature profonde ne supportait pas une telle situation.

Le soir, fort de ce qu'il avait appris, il pénétra discrètement chez Monsieur et Madame K. pour connaître leur point de vue. Se sachant surveillés, ils furent très effrayés. Mais Cônicut les rassura en leur disant qu'il s'était « téléporté », et que personne ne pouvait le détecter. Ils ne connaissaient pas ce système, ils ne savaient d'ailleurs rien de ce qui était électrique, électronique, informatique, ou « galactique » (nouvelle technologie incluant la « téléportation »). Ils n'ignoraient pas qu'il existait des phénomènes qui ne pouvaient être contrôlés que par un Ancien. Ils connaissaient aussi l'existence d'autres planètes habitées, mais leur description avait été telle, que l'envie d'en apprendre davantage était exclue. Ils le savaient et cela leur suffisait. Pourquoi allaient-ils chercher à comprendre puisqu'ils étaient vaccinés pour le contraire ? Cônicut les fit parler de leur vie quotidienne. Il était effaré devant tant d'abnégation et de dévotion. Il leur parla de sa planète où chacun était libre et heureux. Il leur fit visionner un film de son monde dans sa cônimage qu'il emportait toujours avec lui. Il leur dit que tous les habitants savaient lire et écrire, s'instruisaient s'ils le désiraient, avaient droit à leurs propres opinions, étaient libres de les exprimer, et surtout choisir la personne qui était capable de les gouverner. Il leur apprit que les animaux existaient réellement, et n'étaient pas le fruit d'une imagination débordante relatée par leurs ancêtres. Il leur fit comprendre qu'eux aussi, avaient la possibilité de connaître un monde comme le sien, mais il fallait se débarrasser des Anciens, chose inconcevable pour le couple K. Il prit la décision, après avoir beaucoup parlementé avec eux, et avec leur accord, de rester parmi eux, afin de les aider. Il possédait dans son vaisseau la technologie nécessaire pour que les habitants de Molossi puissent s'instruire à l'insu de leur Ancien. Ils étaient tous avides de connaissances et étaient enchantés de ce qu'ils apprenaient. Cônicut donna à ceux qui devaient recevoir le vaccin de rappel, une astuce pour y échapper. Il se doutait bien que la léthargie apparente du peuple n'était pas naturelle. Lorsque son spaciôcone fut réparé, il jeta un voile d'invisibilité par-dessus pour faire croire à son départ. Son transiscône fonctionnant de nouveau il avait pu dialoguer avec son peuple. Ce dernier avait « téléporté » un Cônantien dans chaque état de Kyros. Un réseau fut mis en place. Lorsque tout fut au point, le peuple Kyrossien se souleva et extermina l'intégralité des Cent. Le jour même de la révolte, Cônicut lui-même, détruisit les fioles de potion d'éternité qui existaient. Il brûla même la formule.

Kyros connut une nouvelle ère. Les deux planètes devinrent amies, les gens se rendant visite, les uns et les autres.

Bientôt, apparurent d'étranges enfants qui n'étaient plus conçus en éprouvettes. Ils possédaient des corps coniques avec des membres en forme de carré, ou des corps carrés avec des membres en forme de cône, ou carrément des hexagones.

Car il faut le dire, les habitants de Kyros étaient des êtres carrés. La tête, les yeux, le nez, la bouche, le cou, le corps, les bras, les jambes, les pieds, tout était en forme de carré.

Et si dans cette étrange galaxie, sur une autre planète, il existait des gens aux formes rondes ?

RENAISSANCE

J'avais dix-sept ans. L'école ne me plaisait pas. Mes parents m'ennuyaient. Je refusais l'autorité. Ils voulaient, que dis-je, exigeaient que je sois à l'image de ce qu'ils se faisaient d'un adolescent correct : bien travailler en classe, faire ses devoirs, écouter leurs sermons, dire bonjour au monsieur, bonsoir à la dame, ne pas sortir le soir lorsqu'il y a classe le lendemain, ne pas dépasser minuit le samedi soir, ne pas fréquenter n'importe qui, ne pas fumer, ne pas boire d'alcool.

Moi, je n'étais pas d'accord. J'en ai eu marre.

Un jour, en début d'été, j'ai pris un sac, y ai déposé quelques affaires, et suis parti. Je suis monté à Paris, en stop, rejoindre un copain. Je l'avais rencontré le mois précédent lors d'une soirée, où je me plaignais justement de devoir rentrer avant « le couvre-feu ». Il m'avait gentiment offert son hospitalité dans la capitale au cas où je me déciderais, et m'avait glissé son numéro de téléphone dans la poche, avant mon départ.

En arrivant dans cette grande ville inconnue, je ne réussis pas à joindre ce compagnon d'un soir. Son numéro n'était plus attribué. J'ai commencé à errer dans les rues. Je dormais sous les ponts, pour économiser le peu d'argent que j'avais emporté. Puis je fis la connaissance d'une bande de joyeux lurons qui faisaient la fête tous les soirs. C'étaient des fils à papa qui n'avaient aucun problème financier. Ils m'ont hébergé, nourri…et abreuvé. Ma naïveté les amusait. J'en rajoutais un peu, afin de continuer à les intéresser. Je pensais être plus malin qu'eux. Dans ma soif de vivre et de plaire, je fis connaissance avec la drogue. Le joint, tout d'abord, puis la coke, et l'ectasie. Le sexe aussi faisait partie de mon quotidien.

Je ne me suis pas vu descendre aux enfers. Certains matins, ou plutôt certains après-midis, je me réveillais sans savoir ce qui s'était déroulé la veille. Où étais-je allé ? Qui avais-je vu ? Qu'avais-je fait ? Finalement, cela m'était égal. Je profitais de la vie. J'avais ce que je voulais.

En octobre, tous « mes amis » ont repris leurs cours en fac. Pour eux la récréation était terminée, cela devenait sérieux. Et moi, je finis par comprendre les règles du jeu, je n'étais plus intéressant. Je me suis retrouvé seul, à nouveau dans les rues, avec un besoin pressant de trouver de la dope. De la rue au trottoir, il n'y avait qu'un pas... que je franchis allègrement. Cela me dégoûtait, mais je n'avais plus le choix. Je devais m'approvisionner, et je faisais n'importe quoi pour cela.

Un soir, je suis monté avec un homme qui m'avait paru, au premier abord, un peu étrange. J'avais hésité à le suivre, mais m'étais dit que finalement, au point où j'en étais, je n'avais plus grand-chose à perdre. Petit, trapu, un peu bedonnant, le crâne dégarni et une toute petite moustache. Il paraissait gentil. Son regard était pourtant fuyant. Il avait parlé très vite pour me demander le tarif, comme s'il était pressé. Je sentais qu'il avait quelque chose de particulier en tête. Dans la chambre, il m'avoua que c'était la première fois qu'il montait avec un jeune garçon. Je m'étais assis sur le bord du lit, il avait pris la seule chaise de la pièce, et s'était assis face à moi. Il semblait soucieux. Il réfléchissait. J'essayais de le mettre à l'aise. Il prit la parole. Il ne parlait plus aussi vite.

- Quel âge as-tu ?
- Vous êtes de la police ?
- Non.
- Alors, pourquoi cette question ? Je suis majeur, vous savez…
- N'aie pas peur, je veux savoir. Quel âge as-tu ?
- Dix neuf ans
- Faux
- Si, j'ai dix neuf ans
- Non, tu es plus jeune, je le vois dans tes yeux. Fais-moi confiance, je ne te veux aucun mal.
- Alors que voulez-vous ?
- Parler. Juste parler. Raconte-moi comment tu as fait pour en arriver là, à ton âge.

Que pouvais-je lui dire ? Que je n'avais pas encore fêté mes dix-huit ans ? Que j'étais mal dans ma peau ? Que je me sentais très seul ? Que j'aurais aimé rentrer chez moi mais, que j'avais trop honte pour le faire ? Que je me dégoûtais ? Que je ne pouvais plus faire machine arrière, et qu'avant même d'avoir débuté ma vie, elle était déjà finie ?

- Je n'ai rien à expliquer, lui dépondis-je. On est là pour une certaine chose. On la fait et « basta ». Si vous ne voulez plus, c'est pas grave, mais dites-le tout de suite, je n'ai pas envie de perdre mon temps, et surtout mon argent.

- Eh bien, je vais parler, moi. On ne fera rien ensemble, je ne suis pas là pour ça, mais ne t'en fais pas, je te paierai quand même.

Il me raconta qu'il ne m'avait pas choisi au hasard. Il m'avait remarqué quelques jours auparavant et avait lu du désespoir dans mes yeux. Il venait souvent dans ce quartier, essayer de repérer des « âmes perdues ». Son fils unique, du même âge que le mien, était décédé d'une overdose l'année précédente. Il s'en voulait de ne pas lui avoir tendu la main lorsqu'il était encore temps. Il avait été intransigeant envers lui en le jugeant, n'avait pas su reconnaitre que son enfant était perdu dans la vie, et qu'il avait plus besoin d'aide que de censure. Son fils aussi se prostituait pour ses doses. L'homme avait décidé de consacrer son temps libre à essayer d'aider des jeunes à s'en sortir. A force de discussion et de patience, il finit par me mette en confiance.

Je le suivis loin de ce lugubre quartier. Il m'épaula pour ma désintoxication, et dans ma réinsertion. Je trouvai du travail et pris des cours du soir afin de passer des diplômes.

Cinq années sont passées. C'est la tête haute, que le mois dernier, à sa plus grande joie, j'ai renoué avec ma famille.
Et maintenant, fort de mon expérience, j'arpente les rues de mon ancien quartier de luxure, en compagnie d'Henri, afin de tenter de sauver des jeunes « en perdition ».

LA LETTRE ANONYME

Pour la troisième fois, Camille relut la lettre qu'elle venait de recevoir. « Je vous aime en silence depuis longtemps (...) Je n'en peux plus de me savoir ignoré de vous (...) Je ne veux plus rester dans l'ombre », disait un inconnu. « Rejoignez-moi mardi prochain à 14 h 00, au Café des fleurs. Je sais que vous êtes disponible, que vos enfants sont à l'école, et que votre mari est au travail», ajoutait-il encore.

Elle connaissait très bien cet endroit pour l'avoir fréquenté avec ses camarades pendant ses années lycée. Celui-ci n'était pas très éloigné de leur établissement scolaire. Au printemps, surtout, ils aimaient s'y retrouver, boire un soda et fumer une cigarette sur la terrasse ombragée. C'est là que se formaient, roucoulaient, puis se séparaient, les couples de jeunes, après les classes. Le « bar des amoureux », l'appelaient-ils. « Vous me reconnaitrez à mon écharpe rouge », écrivait encore l'auteur de la lettre.

Camille était sidérée. Qui pouvait bien lui envoyer une telle missive ? « Il ne doute de rien celui-là, se dit-elle, quel culot ! ». Elle n'avait pas du tout l'intention de répondre favorablement à cette invitation. Elle aimait son mari, s'entendait très bien avec lui. Il était hors de question qu'elle le trompe. Mais voilà, elle était de nature très curieuse, et éprouvait une énorme envie de savoir qui lui avait écrit. Après avoir mûrement réfléchi, elle décida de se rendre sur le lieu de rendez-vous, en cachette, juste pour voir de loin, à quoi ressemblait cet amoureux transi. Peut-être le connaissait-elle. Elle ne voulait surtout pas qu'il puisse la reconnaître. Elle entreprit de se donner une allure totalement différente de son habitude vestimentaire. Malgré sa quarantaine, elle avait conservé son corps svelte de jeune fille. Elle décida d'endosser l'identité d'une teen-ager à la courte chevelure rousse. Elle fit donc l'acquisition d'une perruque et ajouta quelques taches de rousseur sur ses pommettes. Elle opta pour un bâton à lèvres très rouge et surtout, surtout, des lunettes de soleil foncées, afin de cacher son joli regard bleu profond. Elle qui ne portait plus de jeans depuis longtemps, en retrouva un dans sa garde robe. Une chemise à carreaux et un blouson de cuir noir, empruntés à sa fille, achevaient la transformation. Elle était méconnaissable.

Elle arriva un quart d'heure en avance, s'installa à une table non loin de l'entrée afin de surveiller les allées et venues, et commanda un café. L'endroit n'avait pas changé. D'autres jeunes, d'une autre génération, se comportaient exactement comme ses amis et elle, il y avait plus de vingt années déjà. Elle se sentait un point nostalgique. Peu avant l'heure fixée, Hervé, le mari de Laura, une de ses amies, entra et s'assit non loin d'elle. Elle fut étonnée de le voir dans cet endroit, si loin de son travail. Il possédait un magasin d'informatique de l'autre côté de la ville. Elle lui avait d'ailleurs porté son ordinateur à réparer quelques semaines auparavant. Avait-il un rendez-vous galant lui aussi ? Cela aurait été étonnant. Heureusement, il ne portait pas d'écharpe. Elle allait se lever, le sourire aux lèvres afin de le saluer, lorsqu'elle se rappela qu'il ne pouvait la reconnaitre. Elle figea son sourire et se rassit bien vite. Elle aurait vraiment aimé lui demander ce qu'il faisait là. Ce n'était pas normal. Tout à coup, une idée lui traversa l'esprit. Un jour, dans une conversation, Laura s'était vantée, un peu trop au goût de Camille :

- Mon mari et moi nous adorons. J'ai entièrement foi en lui. Je suis sûre qu'il ne me trompera jamais. Nous nous disons tout, et nous avons autant confiance l'un en l'autre. Il est l'homme idéal.
- Ne me dis pas qu'il n'a aucun défaut, avait rétorqué Camille.
- Aucun, te dis-je, ou alors je ne l'ai pas encore trouvé.

La conversation en était restée là, laissant Camille agacée par tant d'assurance.

« Je vais m'amuser un peu », se dit-elle. Elle appela son amie :

- Salut Laura, comment vas-tu ? C'est Camille.
- Bonjour Camille. Que t'arrive-t-il ?
- Je voulais juste te demander de dire à Hervé que je n'ai pas encore reçu la facture pour la réparation de mon ordinateur.
- Et pour cause, c'est moi qui l'ai reçue. Il a dû se tromper. Je ne vois d'ailleurs pas pourquoi il a expédié un courrier à la maison. J'oublie toujours de lui en parler

lorsqu'il rentre du travail. Mais, pourquoi ne l'appelles-tu pas ? Il est au magasin tout l'après-midi.
- Pas en ce moment. Il est au Café des fleurs. C'est en le voyant que j'ai pensé à la facture. Je n'ose pas l'aborder de peur de le déranger. Il a l'air d'attendre quelqu'un.
- Le café où nous allions lorsque nous étions jeunes ?
- Oui, celui-là même.
- Mais il m'a dit qu'il ne quitterait pas le magasin de la journée. Il a du travail en retard. Et puis si loin du boulot... C'est bizarre. Tu es sûre que c'est lui ?
- Absolument. Je le connais, quand même.
- Mais que fait-il là ?
- Je ne sais pas. En tout cas il est bien élégant. Si tu ne m'avais pas répondu, j'aurais pensé que c'était toi qu'il attendait. Ote-moi d'un doute, vous vous entendez toujours aussi bien ?
- Oui, bien sûr. Je pense qu'il a été appelé par un client dans l'après-midi. Il a certainement une raison valable. Je le questionnerai lorsqu'il rentrera.
- Certainement. Tu penseras à lui demander aussi pour ma facture ?
- Pourquoi ne le lui demandes-tu pas toi-même ? Je ne pense pas que tu le déranges. Ce n'est pas parce qu'il a un rendez-vous que tu ne peux pas lui dire bonjour.
- Oui, tu as raison. Je vais aller le voir. A bientôt.
- A bientôt.

Camille était satisfaite. Le doute allait s'immiscer dans l'esprit de Laura. Elle serait inquiète jusqu'au moment où son époux rentrerait. Ce n'était pas très gentil de sa part, mais parfois Laura l'énervait, toute amie qu'elle put être. Et puis, ce n'était pas bien méchant. Même pour Camille, il était impossible qu'Hervé puisse entretenir une aventure extra conjugale.

Elle continua à attendre l'arrivée de son admirateur, qui n'allait sans doute pas tarder, tout en observant Hervé.

Alors qu'elle était en train de boire une gorgée de café, les yeux toujours rivés sur Hervé, ce à quoi elle assista la stupéfia. Elle s'étrangla, et le liquide chaud encore dans sa bouche vint asperger la table devant elle. Pas possible ! Il venait de sortir une écharpe rouge et la passait autour de son cou. Non, Hervé ne pouvait être l'inconnu ! Pas lui ! Elle savait qu'il était un homme droit, et surtout, très amoureux de sa femme. Néanmoins, la lettre qu'il lui avait envoyée, à elle, était véritablement enflammée. Comment faire maintenant qu'elle savait ? Elle avait du mal à y croire. Il était inconcevable qu'il puisse désirer une aventure avec elle. Il y avait peut-être une autre explication. Mais laquelle ? Il aurait dû savoir qu'elle refuserait. Elle réfléchit un moment, ne sachant comment agir. Devait-elle partir sans rien dire ? Aller lui parler franchement, et lui faire comprendre qu'il se fourvoyait ? Le voyant continuer à surveiller la porte d'entrée, elle prit la décision de le convaincre de rentrer auprès de son épouse. Elle ne voulait pas que le couple de ses amis se sépare pour une histoire aussi bête. Elle s'approcha de lui, et prenant appui de ses deux mains sur sa table, elle se pencha vers lui. Elle lui parla doucement à l'oreille afin de ne pas être entendue des voisins proches, adoptant un léger accent espagnol pour qu'il ne fasse pas le rapprochement avec elle s'il reconnaissait sa voix :

- Bonjour monsieur.
- Bonjour mademoiselle.
- Vous attendez quelqu'un, n'est-ce-pas ?
- Oui. Vous avez deviné.
- Elle ne viendra pas.
- Ah bon ? répondit-il d'un air amusé. Comment pouvez-vous savoir qui j'attends ?
- Je la connais. Elle m'a parlé de la lettre et m'a chargée de vous avertir qu'elle ne viendrait pas.
- Elle vous en a parlé ? A vous ? Ça m'étonne. Mais elle va venir, j'en suis persuadé... Je la connais bien. Elle va changer d'avis. J'ai piqué sa curiosité. Elle voudra savoir, et remettre en place la personne qui a osé lui envoyer une lettre anonyme. J'en suis persuadé.
- Savez-vous que Camille est mariée ?
- Bien sûr. Vous la connaissez aussi ? Mais pourquoi me parlez-vous de Camille ?

Alors qu'il continuait à scruter vers l'extérieur, le visage d'Hervé s'illumina.

- La voilà ! Je le savais ! Elle est trop curieuse. Vous voyez, j'avais raison.

Laura entra, telle une furie. Voyant Camille penchée vers lui, elle la bouscula et envoya une gifle magistrale à son mari.

- Espèce de mufle. Oser me faire ça. En plus avec une jeune fille.

Camille, déséquilibrée, tomba et, dans sa chute, perdit ses lunettes et sa perruque. Ses longs cheveux blonds apparurent. La stupéfaction était totale. Aucun d'entre eux ne comprenait la situation.
Laura s'adressa à Camille :

- Et toi ? A quel jeu tu joues ? Je te croyais mon amie.
- Je ne savais pas que c'était moi qu'Hervé attendait. Je n'y suis pour rien.
- Tu te fous de moi ? Tu te déguises, tu m'appelles, et tu dis que tu n'y es pour rien ?
- De quoi parlez-vous toutes les deux ? Hervé avait pris la parole. Je ne comprends rien. Moi, c'est ma femme Laura que j'attendais. Et pourquoi es-tu ainsi déguisée Camille ?
- Mais… la lettre ? riposta Camille, se demandant si elle n'était pas en train de faire un mauvais rêve.
- Quelle lettre ?
- Tu me donnais rendez-vous ici.
- Jamais je ne t'aurais donné rendez-vous ici. Pour quoi faire ?
- Attends, dit-elle en cherchant frénétiquement dans son sac.

Elle en sortit son courrier :

- Regarde !

Il parcourut les premiers mots et s'esclaffa de rire.

- C'est toi qui as reçu ça ?
- Oui.
- Je suis vraiment désolé, mais ce n'est pas à toi qu'elle était destinée. Elle était pour Laura. Je voulais mettre un peu de piment dans notre couple et je savais qu'elle serait curieuse de savoir qui la lui avait envoyée. Je ne comprends pas comment elle est arrivée chez toi.
- Je pense que, tout simplement, tu t'es trompé lorsque tu as fait ton courrier puisque c'est moi qui ai reçu la facture de Camille. Il va falloir que tu te reposes, mon chéri.
- Je crois bien…

Tous trois éclatèrent de rire.

EN ATTENDANT LE BUS

De l'autre côté de la rue, face à moi, derrière une vitre, se dégage un mince visage ridé. Des petites lunettes rondes sur le nez, ses yeux scrutent l'extérieur. De droite et de gauche, il se tourne, examinant le trafic automobile et le passage des piétons pressés. Puis son regard se pose sur moi. Un sourire se dessine sur ses lèvres. Gênée, je me détourne, et essaie de fixer mon attention ailleurs. Je me dis qu'elle a de la chance la personne postée à cette fenêtre, bien au chaud, alors que je suis assise sur un banc dans un froid glacial, à attendre désespérément un bus fantôme. Du coin de l'œil, je vois qu'elle m'observe toujours. Il s'agit d'une dame âgée. Elle a l'air de parler à quelqu'un. Peut-être son mari, ou un individu venu lui rendre visite, si elle est veuve. Elle sourit toujours, elle doit être de nature enjouée. Un chat vient de lui sauter dans les bras. Elle le serre contre elle et l'embrasse. Elle me parait bien sympathique cette dame. Je laisse libre cours à mon imagination. Je me dis qu'elle vit seule, et que son animal de compagnie reçoit et rend toute l'affection et la tendresse qu'elle n'a plus depuis le décès de son époux, et le départ de ses enfants, qu'elle a dû avoir nombreux. Finalement, je m'aperçois que c'est à celui-ci qu'elle parle. Quelle vie a pu avoir cette vieille femme ? Elle a certainement beaucoup travaillé pour le bonheur des siens, rendant service aux uns et aux autres, se sacrifiant parfois. Et la voilà isolée, avec pour seul interlocuteur un chat, dans ce petit appartement vétuste.

« Une grand-mère abandonnée, me dis-je, quel dommage ! Elle semble si gentille ».

J'aurais bien aimé faire sa connaissance, converser avec elle, écouter ses souvenirs, sûrement nombreux et intéressants. Mais je suis dans cet abribus et commence à m'impatienter. Je regarde ma montre, quarante minutes de retard. Que se passe-t-il ? Y a-t-il une grève surprise ? Je fais signe à la dame d'ouvrir sa fenêtre afin de lui demander ce qui se passe, elle doit bien le savoir, elle. Elle me répond « non » en dodelinant de la tête. Apparemment, elle refuse de laisser entre le froid dans son intérieur, mais surtout de m'écouter.

De mon index droit, tapotant le cadran de ma montre attachée au poignet gauche, dans un premier temps, puis lui désignant l'aubette avec le même doigt, dans un autre temps, j'essaie de mimer le retard de mon transport en commun. A-t-elle toute sa tête ? La voilà qui se met à rire comme si elle assistait à un spectacle de clown. Elle a bien dû comprendre mon intention. Elle s'imagine peut-être que je fais exprès de m'agiter devant elle de la sorte. Dans ce cas là, je ne suis vraiment pas douée pour faire passer des messages gestuels. Finalement, un homme sort de l'immeuble, avec son chien. Je l'interpelle :

- Pardonnez-moi, Monsieur, pouvez-vous me dire s'il y a une grève aujourd'hui ? Voilà presque trois-quarts d'heure que j'attends le bus.
- Vous pourriez attendre encore longtemps, me répond-il, la ligne est supprimée depuis un mois.

Je suis interloquée. Il est vrai que je ne prends pas souvent ce moyen de transport. Mais depuis le temps que la vieille dame m'observe derrière ses carreaux elle aurait pu me le faire savoir. Je ne peux m'empêcher d'exprimer mon mécontentement de vive voix, en bougonnant, comme pour moi-même : « La mémé de la fenêtre aurait pu me le dire. »

« Oh, cette folle ? me réplique l'homme qui m'a entendue. C'est une vieille fille qui se réjouit du malheur des autres. Une vraie chipie. Elle se moque de tous les gens en les singeant. Et depuis la suppression de la ligne, elle s'en donne à cœur joie, car croyez moi, vous n'êtes pas la seule à ignorer ce changement. »

L'APPRENTI DETECTIVE

Mathieu savait qu'Henri allait bientôt arriver et qu'il se fâcherait certainement. Mais il voulait faire ses preuves. Il en avait assez d'être mis à l'écart à chaque fois. « Tu es trop jeune, lui avait dit Henri, son aîné de huit ans, ce n'est pas pour toi, ça va te perturber. Tu n'as pas suffisamment de maturité pour assister à ce genre d'ambiance. Tu as tout le temps pour voir de pareilles horreurs. »

Il avait entendu parler de certains détails de la scène de crime, assez lugubres, il est vrai, mais il n'était plus un enfant de chœur, et il était capable de découvrir des indices lui-même, et peut-être même, faire avancer l'affaire. Henri n'avait pas à lui donner d'ordres. Pour qui se prenait-il ? Mathieu était un homme, après tout ! Il avait donc décidé de prendre les choses en main.

Mathieu était parvenu à pénétrer dans la maison. Il se trouvait dans l'entrée. La pièce s'était éclairée automatiquement. A part quelques tableaux aux murs, elle ne comportait aucun meuble. Il savait que ce serait très dur. Il s'y était préparé. Il devait ouvrir la seule porte, située au fond, et sous laquelle un filet de sang semblait s'échapper de l'autre côté. Le cœur battant, il s'exécuta.

Il eut un haut le corps. La lumière du vestibule se projetait directement sur la cheminée et mettait en évidence un entremêlement d'os humains et canins. Il avait entendu parler des têtes coupées, aussi n'en fut-il pas trop impressionné, mais quand même... Malgré tout, une atmosphère malsaine ressortait de cet ensemble. L'éclairage blafard de la lune filtrant à travers les fenêtres, en rajoutait encore. Henri l'avait pourtant mis en garde. Tant de chair, tant d'os, tant de sang ! Le responsable de cette situation avait dû s'en donner à cœur joie. Comment pouvait-on être à ce point machiavélique ?

Bon, il ne devait pas se laisser impressionner. Il avait une mission à accomplir et quelque chose à prouver.

Avec prudence, Mathieu commença à avancer. Il ambitionnait à essayer de reconstituer les corps. Il s'approcha de la cheminée et commença à examiner les os dans l'âtre. « Celui-ci doit être un tibia, dit-il tout haut, comme pour se rassurer. Celui-là est certainement un os du bras, il est plus court, comment l'appelle-t-on déjà ? Ah oui, cubitus, os du coude. Et ces petits os là, où vont-ils ? Ils ressemblent à des osselets, mais ils sont plus longs. Ça doit appartenir aux doigts de la main... ou du pied. Quel est leur nom déjà ? J'aurais dû mieux étudier la composition du squelette, à l'école. A moins qu'ils n'appartiennent au chien ? Le chien a aussi des os qui ressemblent à ceux de l'humain. C'est vrai qu'il s'agit d'une énigme compliquée. Alors, si je place celui-là ainsi, et celui-ci, comme ça...»

Mathieu, tout à ses préoccupations, ne s'était pas aperçu que deux yeux derrière lui l'observaient, suivaient ses faits et gestes. Au moment où, avec l'intention d'éparpiller les ossements afin d'y voir plus clair, il saisit le tisonnier appuyé au manteau de la cheminée, les yeux noirs s'agitèrent et s'avancèrent vers lui. Juste deux yeux noirs avec des ailes. Mathieu les vit au dernier moment et les évita de justesse, alors que ceux-ci fonçaient sur lui. Le pique-feu à la main, il réussit à les toucher lors de leur deuxième passage, ce qui les fit se multiplier. « C'est quoi ? se demanda-t-il tout en se battant contre ses assaillants. Henri n'en n'avait pas fait mention, pourtant. Si je trouvais l'interrupteur de la pièce, je verrais certainement mieux. Heureusement encore qu'il y a la lune ». Il continuait à se défendre. Plus il touchait de paires d'yeux, plus celles-ci se multipliaient. Il commençait à paniquer. « Garde ton calme, se disait-il. » Il lui fallait à tout prix trouver une solution, ou s'enfuir. Mais, s'enfuir, était renoncer.

Sur le côté, il perçut un rai de lumière qui semblait provenir d'une porte. Prudemment, il s'y dirigea, butant sur un amas d'os : « Ah ! Ça, vu la longueur, c'est sans doute la colonne vertébrale, dit-il en la poussant du pied. C'est peut-être le point de départ, mais avant, j'aimerais me mettre à l'abri de ces sales bêtes ». La porte s'ouvrit facilement. La pièce était bien éclairée. Il y pénétra rapidement. Le calme était revenu. Mais... Il se trouvait devant la même scène qu'il venait de quitter ! « Je rêve, se dit-il ». Elle était beaucoup plus impressionnante, du fait de la luminosité, les détails beaucoup plus nombreux, et plus réels. Sur le canapé trônait la tête d'un chien bringé. La langue, coincée entre les dents, pendait de la gueule ensanglantée. Et, de part et d'autre, sur chaque fauteuil, deux têtes humaines baignant dans une marre de sang. Les os des trois corps entremêlés étaient également rassemblés dans l'âtre de la cheminée, et des lambeaux de chair, enchevêtrés dans des pièces de fourrure, formaient des guirlandes, comme pour ajouter à l'atrocité de ce macabre tableau. Mathieu prit peur et voulut faire demi tour, mais la porte claqua derrière lui. Il essaya de la rouvrir, la poignée tourna dans le vide. Malgré l'éclairage, il ne savait où aller. Des barreaux à l'unique fenêtre, lui retiraient tout espoir de s'échapper de ce côté. La lune, qui lui paraissait si sympathique l'instant précédent, semblait le narguer. Le spectacle était des plus inquiétants. Il distinguait clairement cette fois les colonnes vertébrales dans lesquelles il avait buté dans l'autre pièce. Il s'était cru malin, et comprenait ce qu'était l'insubordination. Comment allait-il s'en sortir ?

Un mouvement au-dessus de sa tête lui fit la lever. Cinq paires d'yeux dans le corps de chauves-souris l'observaient, prêtes à l'attaquer. « Oh non, cela ne va pas recommencer ! », se dit-il, inquiet. Le tisonnier avait disparu. Comment se défendre, cette fois ? Il se sentit cerné, et fut pris de panique. Les yeux se faisaient de plus en plus menaçants. Ils voletaient au-dessus de lui, sinistres, inquiétants. De ses deux mains, il masqua son visage, il ne voulait plus rien voir. Il aspirait à ne jamais être entré dans cette satanée maison. Un hurlement d'outre-tombe se fit entendre, et un claquement sec retenti.

Une voix sarcastique s'éleva : « c'est l'impasse, tout est fini pour toi, tu es mort ! »

Tout à coup, deux mains le saisirent par les épaules. C'était Henri, son grand frère, qui venait d'arriver, et qui criait avec colère :

- Mathieu, retire ce casque ! Je t'avais dit de ne pas toucher à ce jeu vidéo, il est trop compliqué et trop impressionnant pour les enfants de dix ans !

TRAHIE

Cela faisait cinq ans que nous vivions ensemble. Nous ne nous quittions jamais. Tu étais si beau avec tes yeux noirs, impénétrables. Je suis tombée sous le charme dès que je t'ai vu. Cela n'a pas été très facile pour moi de te séduire, de t'apprivoiser. Finalement, tu es venu vivre dans mon petit deux pièces. Je me souviens, au début de notre vie à deux, tu avais du mal à dormir. Tu te réveillais souvent pendant la nuit. Tu faisais beaucoup de cauchemars. Je me doutais que tu avais été malheureux avant notre rencontre. Pour moi ta vie d'avant, était restée un mystère. Les confidences n'étaient pas dans ta nature. Il faut dire que tu vivais dans la rue. Ce n'était pas très facile pour toi. Tu as connu l'errance, les froides nuits hivernales, les insultes des voyous, ainsi que les bagarres dont tu avais conservé des marques. Tu ne mangeais pas tous les jours à ta faim.

Petit à petit, tu t'es habitué à notre vie à deux. Lorsque je rentrais le soir, nous étions tant heureux de nous retrouver. Tu avais gardé ton âme enfantine. Tu m'entrainais souvent dans de drôles de jeux. Nous chahutions beaucoup, surtout dans la chambre, après dîner. Les voisins s'en plaignaient, d'ailleurs.

Lorsque nous sortions, tu savais être agréable avec les gens que nous rencontrions. Du moins, ceux qui te plaisaient. Certains te paraissaient antipathiques et tu savais le leur faire comprendre. Tu réagissais à l'instinct. Comment t'en vouloir ? Tu étais tellement beau ! Je remarquais les regards admiratifs, peut-être même, envieux. Nous aimions particulièrement nous promener le long de la rivière. Parfois nous faisions la course, et bien sûr, c'était toujours toi qui gagnais.

Jamais je n'aurais cru que tu puisses me trahir de cette façon. J'avais une telle foi en toi. Mais tu es parti. Tu as fini par me quitter. Tu m'as laissée seule dans ce grand lit vide, abandonnée, avec ma seule peine pour compagne.

Pourquoi es-tu parti ? Pourquoi m'as-tu laissée ? Je pensais que tu étais heureux avec moi, que je te suffisais. Je t'ai tout donné de moi, et tu as tout pris. C'est vrai que tu ne demandais rien, mais tu acceptais volontiers ce que je t'offrais. Tu as dû rencontrer une belle chienne, je ne vois que cette explication. Quand tu en auras fait le tour, de celle-là, peut-être comprendras-tu que tu étais mieux avec moi. Et peut-être voudras-tu revenir. Mais je ne sais pas si je pourrai à nouveau te faire confiance. Tu m'as fait trop de mal en me quittant ainsi, du jour au lendemain. Pourtant, tu les aimais mes caresses. Je le voyais à ta façon de remuer ta queue.

Mais on m'avait prévenue. On me l'avait bien dit que les labradors étaient fugueurs et s'enfuyaient facilement.

Félix, mon chien, reviens s'il te plaît, tu me manques tellement !

HEUREUSE MEPRISE

J'étais affairée à régler mes achats à la caisse de mon supermarché habituel, ce vendredi soir, bien heureuse de n'avoir rencontré personne de ma connaissance. Cela m'aurait fait perdre un temps précieux. Je devais organiser la fête anniversaire pour les soixante-quinze ans de ma marraine, sœur de ma mère, dont j'étais très proche et à qui je voulais faire une surprise. J'avais invité toute la famille, ainsi que quelques amis, en tout une soixantaine de personnes, et voulais tout exécuter moi-même, de la décoration au repas en totalité. Autant dire que le planning était chargé et les minutes comptées. Tout à coup, s'est approchée de moi une dame très élégante, le sourire aux lèvres, poussant un chariot contenant trois malheureux articles :

- Mayo, mon Dieu ! Mais c'est bien toi ! Tu es revenue dans la région ? Oh, tu n'as pas changé, toujours aussi mince. Comme je suis heureuse de te revoir ! s'écria-t-elle dans ma direction.

Je me suis retournée, curieuse de savoir qui ce petit bout de femme tout en chair, et quelque peu ridée, interpellait de cette manière. Elle paraissait tellement ravie de cette retrouvaille. Mais il n'y avait personne derrière moi. A ce moment là, elle m'attrapa fougueusement dans ses bras et m'appliqua une grosse bise sur chaque joue.

- Dis donc, tu n'as vraiment pas vieilli, toi ! C'est incroyable, tu es la même que dans mon souvenir. J'ai su ce qui t'était arrivé. J'en ai été désolée pour toi, mais à cette époque j'étais en vacances en Espagne, tu te souviens ? Je ne l'ai appris qu'à mon retour. Et lorsque je suis rentrée, toi, tu t'étais expatriée.

Je me demandais ce qui se passait. Avais-je loupé un épisode ? Cette dame s'adressait à moi. Apparemment, elle me prenait pour quelqu'un d'autre. Je balbutiais :

- Mais… madame.
- C'est quoi ce « madame » ? Mayo ?... Tu ne te souviens pas de moi ? Carmen ! Nous étions constamment ensemble à l'école. Ah, nous en avons fait des bêtises toutes les deux… On dirait que ta mémoire te fait défaut. A notre âge, c'est un peu normal. J'ai une idée, tu vas venir avec moi, j'habite en face. Je suis réputée pour faire un très bon thé, tu sais. Ainsi nous pourrons parler du bon vieux temps et je suis sûre que tu te rappelleras de tout.
- Mais, c'est que du temps, je n'en n'ai pas trop…
- Allons, allons, tu as toujours été pressée pour tout. Nous sommes à la retraite, quand même. J'insiste, viens.

Comment lui expliquer que je ne pouvais pas ? Non, je n'étais pas en retraite, loin de là. Elle m'entrainait déjà en me tirant par le bras. Elle était si charmante dans son délire, tellement persuadée de s'entretenir avec cette autre. Mayo ! Quel drôle de prénom ! Étranger certainement.

On m'a toujours dit que mon bon cœur me perdrait. Afin de ne pas peiner cette brave dame, je la suivis donc, docilement, en me disant que je ne resterais que cinq petites minutes, et que je m'éclipserais à la première occasion.

Elle habitait effectivement dans l'immeuble en face du magasin où nous nous trouvions. Tout en marchant, elle m'expliquait qu'elle s'ennuyait beaucoup depuis que son mari était décédé, et qu'elle s'était installée près de ce centre commercial afin de pouvoir s'y rendre tous les jours, et ainsi voir du monde. Elle se refusait à côtoyer les « vieux » dans les clubs du troisième âge.

Elle possédait un joli appartement, clair, bien rangé et très bien décoré, tout à son image. Son thé était vraiment délicieux, et elle… intarissable ! Elle avait deux enfants qui lui rendaient visite régulièrement. Je n'avais pas besoin de beaucoup intervenir. Je répondais immuablement dans son sens : oui, non, ah, oh, et hochais la tête de temps en temps. J'appris que cette « Mayo » avait eu un grave accident dans lequel elle avait perdu son fiancé et le bébé qu'elle portait. Elle avait quitté la région et toutes deux s'étaient perdues de vue.

Les cinq minutes durèrent deux heures, pendant lesquelles je me sentais telle la laitière et le pot au lait, abandonnant mes projets pour le reste de la journée. A aucun moment elle ne me laissa l'occasion de me retirer sans risquer de la froisser.

Il fallut quand même me lever pour lui signifier que j'avais du travail, et en l'occurrence, un anniversaire à organiser. Je ne pensais pourtant pas m'être mal exprimée. Quelle ne fut ma stupéfaction lorsque je l'entendis me dire :

- Mais c'est vrai que tu es née au mois de mai ! C'est gentil de m'inviter à ton anniversaire ! Oui, c'est sûr, je viendrai. Je ne voudrais manquer ça pour rien au monde. Maintenant qu'on s'est retrouvées, on ne va plus se lâcher, hein ? C'est samedi prochain, tu m'as dit ? Allez, donne moi l'adresse où ça se passe. En plus, je m'aperçois que je ne t'ai même pas laissé parler de toi. C'est bien moi, ça. Si mon fils était là, il me gronderait. Tu me raconteras tout samedi, d'accord ?

Elle me tendit un stylo et un morceau de papier sur lequel j'inscrivis, malgré moi, l'adresse de la fête. L'idée m'était venue d'en noter une différente. Après tout, je ne la connaissais pas cette dame, et je ne la reverrais sans doute jamais. Mais je trouvais ce procédé très impoli et je ne pouvais me résoudre à mentir, ce n'était pas dans ma nature. Et puis, rien ne me prouvait que je ne « tomberais » pas à nouveau sur elle un de ces jours, et là, j'aurais vraiment honte de moi.

En repartant, je me dis que d'ici la semaine prochaine, elle oublierait certainement notre entrevue, et qu'elle ne viendrait pas. Du moins, je l'espérais. Néanmoins, au fond de moi, j'éprouvais quand même un certain plaisir à avoir rencontré cette gentille dame.

Pour l'évènement en l'honneur de ma marraine, j'avais prévu quelques surprises à son intention. Mais ce ne fut pas elle la plus épatée. Car Carmen arriva ! Eh non, elle n'avait pas oublié ! Et lorsque ma tante l'aperçut, cette dernière s'écria :

- Carmen ! C'est bien toi ? Pas possible ! Toi, Carmen ! Comme je suis contente de te revoir ! Quelle surprise ! Je n'en reviens pas. Les années ne t'ont pas changée. Comme ça me fait plaisir ! Ma filleule est extraordinaire, comment a-t-elle fait pour te retrouver ?
- Ah, aujourd'hui tu me reconnais ! Mais tu me paraissais plus fine et moins ridée la semaine dernière. Je dois avoir la vue qui baisse…

Il est vrai que l'on me dit toujours que je ressemble énormément à ma marraine lorsqu'elle était jeune. Toutes proches que nous puissions être, elle n'avait jamais voulu se confier à propos du drame qu'elle avait vécu, et que du reste, j'ignorais. Ce que j'appris ce jour là, c'est que Yolande s'appelait en réalité « Marie-Yolande », d'où son surnom dans sa jeunesse : Ma-Yo.

LE NOUVEAU PROFESSEUR

Ce vendredi matin, Vanessa arrive devant le lycée, tout excitée. Elle interpelle Clarisse :

- Tu es au courant ?
- De quoi ?
- La prof de français, Madame Deville, a eu un accident !
- Comment le sais-tu ? Nous l'avons eue hier en fin d'après-midi.
- Mon père est pompier. Il est intervenu sur un grave accident hier soir. Un chauffard a percuté une femme, qu'ils ont dû désincarcérer. C'était la prof.
- Comment peux-tu savoir que c'était elle ? Il y en a trente six mille des Madame Deville !
- Parce qu'elle s'appelle Astrid, comme la nôtre, qu'elle a la cinquantaine bien sonnée, comme la nôtre, et si je te dis qu'elle est prof de français, c'est parce que le collègue de mon père a dit « zut, c'est la prof de français de ma fille », comme la nôtre !
- Elle est dans notre lycée, sa fille ?
- J'en sais rien, et je m'en fous. Ces éléments me suffisent.

Clarisse est songeuse.

- Oui, tu as raison. Et c'est grave ? demande-t-elle à sa camarade.

- Je crois qu'elle est dans le coma.
- Ouaouh, super, alors on n'a pas cours aujourd'hui ? Si j'avais su, je ne finissais pas ma « dissert».

A ce moment passe, d'un pas rapide, le proviseur. Vanessa reprend :

- Demande à Arthur, si tu ne me crois pas.
- Monsieur Arthus, on a cours de français aujourd'hui ? L'interpelle Clarisse.
- Tout d'abord, on dit bonjour Monsieur Arthus
- Oui bonjour, Monsieur Arthus, mais… je vous voyais pressé.
- Bien sûr que vous avez cours. Je ne vois pas pourquoi vous me posez cette question, Mademoiselle. Une classe de première ne doit louper aucun cours.

Celui-ci s'éloigne.

- Tu vois Vanessa, reprend Clarisse, dans ce bahut, on a la malchance d'avoir un proviseur réputé pour faire des miracles lorsqu'un prof est absent. Même si la mère Deville claque, nous aurons une remplaçante illico. Ce n'est pas pour rien qu'on l'a surnommé « le Roi Arthur ». Tu aurais plutôt dû lui demander si Deville serait là aujourd'hui.
- Mais je te dis que mon père l'a amenée à l'hôpital dans un état critique, elle ne va quand même pas arriver avec des tuyaux. On ne sort pas d'un coma comme ça !
- Ce serait son genre, répond Clarisse avec ironie.
- Je me demande plutôt qui va la remplacer.

- J'espère que ce ne sera pas ce vieux « schnock » d'Attila.
- Non, je ne pense pas, il ne fait que les secondes.
- Je le souhaite vraiment, car je l'ai eu l'année dernière, et je ne supportais plus d'entendre ses « hein » à chaque phrase.
- Et si c'était Chabal ?
- Chabal ? Oh non, qu'il est laid !
- Il n'y a que toi pour dire ça. Qu'est-ce qu'il est sexy ! Dommage que ce ne soit pas le vrai.
- Berk, berk, berk
- Et si c'était un nouveau ?
- Alors il faudrait qu'il soit beau !
- Et jeune !
- Avec une voix suave…
- Et célibataire.
- J'adhère ! Avec lui, j'apprendrai tout ce qu'il me demandera, je l'écouterai avec attention, et me laisserai bercer par ses paroles enchanteresses.
- Alors, tu feras gaffe de ne pas t'endormir.
- Je crois que je vais aller refaire mon maquillage.
- Pourquoi, tu comptes le séduire ?
- On ne sait jamais, ça s'est déjà vu des profs et des élèves ensemble, surtout s'il est célibataire.
- Je pense que s'il est aussi beau que ça, il n'est plus libre.
- On peut rêver, non ? Et si c'était une jolie jeune femme ?
- Alors là, je ne te dis pas les mecs ! On ne pourra plus les tenir. Bon écoute, on verra bien.
- Tu as raison, on verra bien.

Les filles entrent en classe. La rumeur se propage rapidement. Tous les lycéens sont en effervescence. Chacun échafaude une hypothèse quant au remplacement de Madame Deville. Sera-ce pour longtemps ? Le bruit court même qu'elle est décédée. Certains garçons se vantent : « on va le mettre au pas ce prof, titulaire ou remplaçant, on va lui faire la carrée ».

Les bons éléments, quant à eux, espèrent une personne à « poigne ». Qu'elle soit homme ou femme, jeune ou vieille. Eux sont sages, ils veulent travailler.

D'autres adolescents vont carrément questionner Monsieur Arthus. «Vous verrez bien », répond celui-ci, avec un rictus moqueur au coin des lèvres.

Cela ne leur présage rien de bon.

Lorsque l'heure du cours de français arrive, en fin de matinée, tous sont à leur place.

Ils sont inquiets. Finalement, ils étaient habitués à madame Deville, malgré son air revêche. C'est vrai qu'elle était stricte, mais au moins elle était juste. Et puis, ils ont le bac de français dans quelques mois, elle avait à cœur de bien les préparer.

Clarisse pense tout à coup à cette femme, allongée sur son lit d'hôpital. Peut-être en train de songer à eux, car c'est sûr, la connaissant comme ils la connaissent, elle doit se sentir coupable de les abandonner, même si ce n'est pas de son fait.

Soudain, Clarisse se sent mal à l'aise. Elle n'a pensé qu'à elle lorsque Vanessa lui a annoncé l'accident de Madame Deville. Pour un peu, elle espérerait la voir passer la porte de la salle de classe.

Au bout d'une demi-heure d'attente, un surveillant arrive, et leur dit :

- Madame Deville ne viendra pas aujourd'hui.
- Pourquoi ne nous dites vous pas la vérité ? s'écrie un élève.
- Je n'ai aucune vérité à vous dire. Elle a tout simplement un problème familial.

En souriant, Vanessa tourne un regard entendu vers Clarisse, qui sent des larmes se former au coin de l'œil. « Surtout ne pas montrer ma peine », se dit-elle. Elle n'est pas la seule. La plupart des élèves semblent atterrés. Ils n'y croyaient pas vraiment, à l'accident de Madame Deville. Mais cela ne fait plus aucun doute. Si leur professeure est absente, et c'est certainement la première fois dans toute sa carrière, quelque chose de grave lui est arrivé.

Dans le corps enseignant interrogé, certains professeurs nient les faits : oui Madame Deville est bien absente, non, elle n'a pas eu d'accident. D'autres préfèrent ne pas répondre. Ils ne savent pas. Pourquoi un tel mystère concernant leur enseignante ?

Le lundi matin, c'est Armelle qui, en arrivant lance la bombe :

- Ma cousine travaille à l'Académie. Elle m'a dit que vendredi après-midi, ils ont dû trouver en urgence le remplaçant d'un prof de français pour notre ville. Il a une réputation… Je ne vous dis pas !

- Non, dis-nous, bonne ou mauvaise ? S'enquit Vanessa.
- Mauvaise !
- C'est pas vrai !
- C'est un ancien militaire, très carré. Il fait travailler ses élèves à la baguette. Il donne des devoirs en pagaille. Et si on n'obtient pas la moyenne, il nous colle pour des mercredis après-midi entiers, jusqu'à ce qu'on ait une bonne note. Il est tellement vicieux, qu'il endort les parents qui feraient une remarque, et ils en arrivent à dire que c'est un excellent prof. Il se mêle même de notre tenue vestimentaire.
- Je ne le laisserai pas faire, s'exclame Rémi, la casquette en arrière.
- Tu feras comme tout le monde, rétorque Clarisse.
- Non, on fera une pétition.
- Ah oui, et ta pétition, elle t'aidera à obtenir le bac ?
- Oh, madame Deville, pourquoi nous avez-vous lâchés ? On ne savait pas qu'il y avait pire que vous, s'exclame Mathieu.

C'est donc le cœur battant que tous les élèves de la classe de première A, se retrouvent dans la salle 101 du premier étage, attendant leur nouveau professeur.

Le chahut habituel a laissé place à un chuchotement d'antichambre. Ils sont assis, chacun à sa place. Certains griffonnent sur une feuille, d'autres tapent du bout de leur règle sur la table, les yeux dans le vague, des regards se perdent à travers la fenêtre, ou admirent le plafond.

Tous les élèves appréhendent ce « futur tyran ».

Puis un pas se fait entendre dans le couloir. Ils espèrent tellement l'arrivée de Madame Deville, qu'ils s'imaginent reconnaître son pas de légère claudication, très spécifique.

Quelle n'est pas leur stupeur, lorsque Madame Deville leur apparaît en chair et en os. Du coup tous se lèvent et l'applaudissent.

- Merci les enfants, dit-elle, avec émotion. Je sais que certains me croyaient morte, et j'aurais préféré. Il se trouve que mon mari et son frère ont tous les deux épousé une Ingrid, qui est également professeur de français, d'où l'homonyme. Ma belle-sœur enseignait au collège. Je suis très chagrinée par sa perte, c'est pourquoi j'étais absente vendredi. Votre ovation me va droit au cœur et pour vous remercier, je vous propose de rattraper mercredi après-midi le cours de français que nous avons loupé la semaine dernière.

LE REVE

Le réveil sonne. Dieu que je me sens fatiguée ! J'ai mal partout, comme si un bulldozer m'était passé sur le corps. Que m'arrive-t-il aujourd'hui ? Ah oui ! Mes idées se remettent en place. J'ai très mal dormi. J'ai fait un de ces cauchemars ! J'avais vraiment l'impression que c'était réel. Mais je suis réveillée... Ce n'était donc qu'un mauvais rêve, pas de soucis à me faire.

Allez, je me lève. Avant d'aller prendre ma douche, je fais un petit tour à la cuisine afin de faire passer mon breuvage matinal dans la cafetière électrique. Elle est prête depuis hier soir, je n'ai plus qu'à appuyer sur le bouton. A la salle de bain, les vêtements que je dois porter, choisis également avant de me coucher, comme d'habitude, m'attendent. Ainsi je ne perds pas de temps le matin. Question d'organisation ! Après ma toilette, je me sers tranquillement une tasse de café, boisson essentielle pour commencer la journée, et me prépare une tartine avec du pain, du beurre et de la confiture, tout en regardant les informations à la télévision. Un vrai rituel.

Je me remémore « les évènements de la nuit » et je souris, pensant que les méandres du sommeil nous dirigent parfois vers des voies bien saugrenues. Je « revois » mon mari, penché sur moi, inquiet, affolé. Je lui dis que je n'arrive plus à respirer, que je suis oppressée. Je suis en train de faire une crise cardiaque. Il appelle les pompiers qui arrivent rapidement. Ils essaient de me ranimer, mais n'y parviennent pas. Je les entends encore dire : « c'est terminé ». Ils ramassent leur matériel et s'en vont, tandis que mon époux de même que mes deux enfants, réveillés par le tapage, s'effondrent, en larmes. Où suis-je allée chercher une telle idée ? Rêver de ma mort ! Je me trouve ridicule, c'est n'importe quoi. Il paraît que les rêves ont une signification. Laquelle, dans ce cas ? J'essaierai de me renseigner. Le pire est cette sensation de « réalité » qui ne me quitte pas et me met mal à l'aise. Je l'ai déjà éprouvée, et je sais qu'il me faut attendre demain pour qu'elle disparaisse complètement. Heureusement que les multiples activités de mon travail occuperont mon esprit et estomperont cette impression.

J'ai terminé mon petit-déjeuner, je finis de me préparer. Il est l'heure de partir au bureau. C'est le début de l'été, il fait beau, le soleil commence à monter dans le ciel et réchauffer la nature. Sur la terrasse, le chien et le chat se lèvent d'un bond et s'enfuient à ma vue. Que leur arrive-t-il ? Ils sont fous ? D'habitude, ils viennent me dire bonjour. Un avion militaire vient de passer dans le ciel en émettant un bruit fracassant, il a dû les effrayer. Pourtant, ils sont habitués. Ce n'est pas bien grave, je les reverrai tout à l'heure, en rentrant. L'agence immobilière qui m'emploie n'est pas très éloignée de mon domicile, ce qui me permet de m'y rendre à pieds. Quel plaisir de marcher ainsi au petit jour, lorsqu'il fait beau, et que le monde s'éveille tout doucement. Comme la nature est belle ! Tiens, je n'avais pas remarqué ces fleurs dans ce carré de pelouse. C'est tout moi, je passe dix fois au même endroit et ce n'est qu'à la onzième que je m'aperçois des détails. La rue est calme. Le bruit de moteur des voitures semble venir de loin, je me demande si je n'ai pas des problèmes d'audition, un bouchon dans les oreilles peut-être, ça arrive parfois. En revanche, je distingue bien le gazouillis des oiseaux. J'ai l'impression qu'ils m'accompagnent. Quel bonheur de les entendre chanter. Je croise « Madame-caniche ». Il s'agit d'une dame que je rencontre tous les matins sur mon chemin alors qu'elle promène son chien. Il me plait de la surnommer de cette manière, intérieurement. Je trouve qu'elle ressemble à son compagnon à quatre pattes, avec sa chevelure frisée. Je prononce un « Bonjour Madame » très jovial à son encontre. Elle ne me répond pas. Pire, elle m'ignore ! C'est étrange, habituellement elle me retourne l'hommage et me sourit, mais là, rien ! Je ne vois pas comment elle pourrait m'en vouloir, puisque nos échanges ne vont pas au-delà ne nos saluts matinaux. Bah, elle a dû se lever du mauvais pied. Ou elle a peut-être des soucis. Mais quand même, ce n'est pas parce qu'elle est de mauvaise humeur ou qu'elle est contrariée, que ça lui donne le droit de faire fi de ma présence. Il y a un minimum de politesse !

J'arrive enfin à mon travail. Le concierge me snobe, lui aussi. De sa part, ça ne m'étonne pas, il est lunatique. Un jour il me voit, un autre jour il me dédaigne.

Lorsque j'entre dans mon bureau, mes collègues sont déjà là. Etonnant ! En général, je suis la première. Je crie « Bonjour » à la cantonade. Personne ne me répond. Pire, ils ne relèvent même pas la tête. Oh, je suis transparente aujourd'hui ? Ils affichent une de ces expressions sur leurs visages ! Tous paraissent accablés. Mais que se passe-t-il donc ce matin ? Quelque chose que j'aurais dû savoir ?

Martine, reniflant, le mouchoir à la main, les yeux rougis demande à Amanda :

- Et tu sais c'est quand les obsèques ?
- Non, pas encore, c'est trop tôt.
- Quand je pense qu'elle était encore là hier soir, avec nous, qu'on plaisantait à propos des prochaines vacances.

Quelqu'un est mort ? Qui ? De quoi parlez-vous exactement ? On est tous là pourtant. Eh, les amis, vous me répondez ou quoi ?
Je touche le bras d'Amanda. Elle ne réagit pas. Elle aussi m'ignore. Pourquoi ?
Qu'arrive-t-il ? Je ne comprends pas.
Soudain Amanda reprend :

- Franck, son mari, a dit que les pompiers ont essayé de la ranimer pendant une heure, en vain. Une crise cardiaque. Pauvre Laurence ! Elle devait fêter ses quarante ans le mois prochain. Et ses enfants, qui restent et qui n'ont pas encore vingt ans ! Perdre leur mère si tôt !...

Mais c'est de moi qu'ils parlent !

Je ne rêvais donc pas cette nuit ?

DILEMME

Romain venait de s'arrêter soudainement sur le pont. Un imprévu surgissait et une difficile question s'imposait à son esprit. Quelle décision prendre ? Il essayait de trouver une solution à son problème. D'un côté, il risquait d'arriver en retard, de l'autre, Charlotte pouvait lui reprocher de n'avoir pas su être suffisamment prévoyant. Et cela, il ne pouvait pas se le permettre. Il était en proie à un douloureux dilemme. Comment faire ? Il réfléchissait.

Pourtant, ce matin, lorsqu'il avait aperçu le soleil filtrant à travers les volets, il avait pensé que tout irait pour le mieux. Il s'agissait d'un grand jour pour lui. Il s'était levé de bonne humeur, avait pris son petit déjeuner tranquillement, en écoutant la radio. Les informations l'ennuyaient. Ce que le speaker annonçait n'était pas en phase avec son état d'esprit. Il avait changé de station, préférant les chansons, avec lesquelles il s'était mis à « s'égosiller », laissant déborder son allégresse, couvrant le son du poste. Lorsqu'il s'était tu, il s'était rendu compte que la musique était terminée, depuis un certain temps déjà, puisque la fin d'un bulletin météo se concluait par : « des orages violents. »

« Des orages violents, des orages violents, ils parlent encore de la semaine dernière ! On le sait qu'on en a eu des orages violents, pas la peine de nous le rappeler sans cesse ! Maintenant il fait beau, il ne faut plus en parler», avait vociféré Romain.

Il avait éteint la radio et était allé s'atteler à son travail. Il était traducteur et exerçait son métier à domicile. Il devait impérativement avoir terminé avant dix sept heures, un client venant récupérer une commande à ce moment là. Il n'avait donc pas de temps à perdre. Ensuite, il irait chercher Charlotte à la sortie de son bureau, comme il le faisait chaque jour depuis plusieurs mois maintenant. Ils aimaient aller se promener, main dans la main, à la tombée du jour, avant qu'il ne la raccompagne chez elle.

Les feuilles d'un vert tendre, avaient paré les branchages dénudés. Après un hiver rigoureux, la nature s'éveillait enfin. Romain comparait les saisons à l'évolution de leurs sentiments. D'abord timides, puis évoluant petit à petit, tout doucement, à l'instar du printemps. Déjà apparaissaient les bourgeons des premières fleurs augurant des fruits gorgés d'eau et de sucre. L'été se profilait, chargé de promesses et d'espoirs. Cette saison, dans le cycle de sa vie auprès de Charlotte se matérialiserait avec la naissance de leurs enfants, deux au moins, et leur vie en famille peuplée de joie et de bonheur. L'automne ? Ce serait la période de repos après une vie de labeur, la retraite bien méritée, la joie de profiter de leurs petits-enfants. Il voyait loin dans son avenir. Quant à l'hiver, période de frimas et de grisaille, il préférait ne pas y songer. Il n'aimait d'ailleurs, pas le froid
    Mais avant de concrétiser tous ses projets, il avait une importante démarche à effectuer.
    Ce soir, il ne raccompagnerait pas Charlotte chez elle. Il lui réservait une surprise. Il prétexterait un rendez-vous important pour l'attirer au restaurant du « Golf »,

établissement prestigieux très réputé. Il y avait réservé une table en terrasse, au bord du lac, et avait déjà choisi le menu « évènementiel ». Il avait demandé à ce qu'au moment du dessert, le personnel diffuse un morceau de concerto de Mozart, artiste qu'elle affectionnait particulièrement. En dégustant le tiramisu, son entremets préféré, elle y découvrirait une bague. Il profiterait de cet instant pour se lever et lui réciter un poème de sa composition dans lequel il lui déclarerait son amour. Tout était prévu. Et il conclurait en la demandant en mariage. Il voulait faire de cette soirée un moment inoubliable.

Mais, à cet instant précis, en route pour retrouver sa belle, il s'était arrêté sur ce pont, avec ses doutes. Il venait de croiser un couple et avait entendu une bribe de leur conversation : « Dépêche-toi, il faut que nous soyons rentrés avant que l'orage n'éclate ».

Romain était resté perplexe. Il était inconcevable, pour lui, que le temps change. Il se pencha sur le parapet afin de scruter le ciel entre deux bâtiments. Aucun nuage gris n'apparaissait à l'horizon. Aucun indice n'indiquait un changement de temps quelconque. Et si les gens se trompaient ?

Il réfléchissait…

En bas, dans le lit de la rivière asséchée, là où la verdure avait repris ses droits sur l'eau, deux adolescents s'enlaçaient à l'abri des regards indiscrets. Il se souvint de sa rencontre avec Charlotte.

Ils étaient en classe de terminale à Arras. Elle était arrivée un matin en cours d'année. Elle n'était pas particulièrement attirante. Une tignasse rousse mal coiffée, des lunettes lui mangeant presque la moitié du visage, pourtant assez fin mais que personne ne pouvait déceler avec cet appareillage, et des vêtements qui devaient lui avoir été légués par sa grand-mère. Lui, n'avait rien à lui envier. Un long échalas, dans des habits qui n'avaient pas grandi avec lui, et de surcroît, complexé par l'acné juvénile dont les ravages n'étaient pas encore effacés. Il était très timide, et se cachait derrière des livres qui le faisaient voyager. Ils s'étaient parlé plusieurs fois, avaient même effectué un devoir ensemble, se respectaient mutuellement, mais n'avaient pas approfondi leur relation plus que cela. Les études supérieures les avaient fait emprunter des voies différentes.

Elle, avait passé un brevet de technicien supérieur en secrétariat médical. C'est chez le docteur Poulain, où elle venait de prendre la relève de mademoiselle St James partie à la retraite, que Romain l'avait revue. Elle avait réussi à domestiquer ses cheveux, portait des lentilles de contact, et avait adopté une tenue vestimentaire plus en adéquation avec la mode des jeunes de son âge. Il l'avait, malgré tout, reconnue tout de suite. Ses études à l'étranger l'avaient fait mûrir, tant sur le plan physique que sur le plan moral. Il affichait une assurance qui lui seyait indubitablement bien. Heureux de la retrouver, il n'avait pas hésité à l'inviter à boire un verre le soir même. Petit à petit, ils s'étaient tous les deux rapprochés, avaient un peu flirté, mais n'avaient jamais véritablement parlé d'amour, encore moins d'avenir entre eux. Ce soir, il voulait franchir le pas. Il était persuadé qu'elle éprouvait les mêmes sentiments, et n'attendait que cela. Dernièrement il avait fait quelques allusions qui avaient semblé la flatter.

Mais à cette minute, il se trouvait là, sur ce pont à s'interroger. Un orage était annoncé et la pluie arriverait certainement par la même occasion. S'il n'avait pas chanté si fort ce matin, il aurait entendu l'alerte météo. Il ne serait pas en train de se demander si oui ou non, il devait retourner chez lui pour prendre des parapluies.

Car là était la véritable question.

UN HOMME A TERRE

J'avais pris une semaine de vacances, et m'étais décidée à faire connaissance avec la Capitale où je ne m'étais encore jamais rendue. Visiter Paris et ne pas se rendre sur les Champs Elysées est un péché... que je ne voulais pas commettre.

En cette belle journée de printemps, je me baladais sur cette magnifique et mythique avenue. J'avais déjà admiré la devanture de certains magasins très luxueux, remarqué des cafés et restaurants de renom, et me dirigeais maintenant vers les jardins. Je croisais des personnes de tous genres. Certaines couvertes de vêtements multicolores, d'autres vêtues très élégamment, il y en avait vraiment pour tous les goûts. Ce qui m'étonnait, c'était l'indifférence des uns vis à vis des autres. Si je m'étais amusée à déambuler dans le centre ville de ma petite bourgade habillée tel un clown, je ne serais pas passée inaperçue.

Mais à Paris, c'était tout autre. J'étais justement en train d'y songer lorsque mon regard fut attiré par une situation pour le moins étrange.

Sur le trottoir face à moi, j'apercevais une forme qui ressemblait à un quidam étendu. Apparemment un individu, allongé sur le sol, face contre terre. Que faisait-il ainsi ? Personne ne lui venait en aide ? Les gens passaient à côté sans s'arrêter. Etais-je prise d'une vision ou étaient-ce eux qui ne voyaient rien ? Cela dépassait l'entendement. Ils l'ignoraient totalement. Pire, ils l'évitaient ostensiblement. Pourtant, plus je m'approchais, plus mon impression se confortait. Il s'agissait bien du corps d'un homme. Comment pouvait-on laisser un être humain abandonné de cette manière, gisant dans la rue. Il ne bougeait pas et cela n'inquiétait pas le moindre individu. On aurait dit qu'il était invisible et pourtant, je le voyais bien, moi.

Il fallait que je traverse.

J'arrivais à un passage piétonnier mais je dus attendre que le feu passe au rouge pour les automobilistes, le flux des voitures étant trop important. En attendant, je me posais mille questions : que lui était-il arrivé ? Avait-il eu un malaise ? L'avait-on agressé ? Si oui, pour quelle raison ? Pour lui dérober ses effets ? Un règlement de comptes ? Un acte gratuit ? Dans ces grandes villes, tout peut arriver. Etait-il ivre ? Et pourquoi tant d'indifférence de la part des badauds ? Après quelques minutes qui me parurent interminables, je pus enfin accéder à cet être en détresse. J'avais déjà sorti mon téléphone, prête à appeler les pompiers ou la police, ou même les deux.

Je me penchais sur lui : « Monsieur, monsieur, vous allez bien ? Que vous-est-il arrivé ? Répondez, s'il vous plaît ! »

Il ne remuait pas. Je le retournais et… horreur ! Un couteau était planté dans son ventre et une tache de sang maculait le béton. Mais… il avait les yeux ouverts et me fixait ! Je ne comprenais rien, il n'avait pas l'air de souffrir.

Au même moment, j'entendis un cri rageur :

« Coupeeeeezzzzzz !!! »

Et quelqu'un commença à m'injurier.

Toute à mes pensées, je n'avais pas remarqué les caméras. Et le metteur en scène n'avait pas l'air de vouloir de moi comme figurante.

TANT QU'IL Y A DE LA VIE, IL Y A DE L'ESPOIR

Lucie arriva. Elle fut surprise de découvrir, déjà installé dans un confortable fauteuil, un homme d'une soixantaine d'années environ, très distingué. Elle avait été convoquée par son patron et pensait être la seule à devoir patienter dans cette salle d'accueil. Il est vrai qu'elle était en avance, mais même si ce monsieur avait rendez-vous lui aussi, le « grand manitou » était visiblement en retard. Cela ne fit qu'ajouter au stress de la jeune femme. Elle honora malgré tout « l'intrus » d'un « bonjour » qu'il lui retourna aimablement. Elle s'assit nerveusement face à lui. Une petite table basse en verre les séparait. Des paroles agressives, empreintes de colère, mais néanmoins inaudibles, filtraient au travers de la porte. Elle fut parcourue de frissons tout le long de son corps. Elle se sentait de plus en plus angoissée.

- Ça ne va pas, ma petite ? Vous ne vous sentez pas bien ? lui demanda son vis-à-vis d'un ton paternaliste.
- Si, si, ça va. Je suis juste un peu inquiète de la façon dont va se dérouler mon rendez-vous, répondit-elle.
- Vous êtes en affaire avec lui ? interrogea-t-il à nouveau, pointant le pouce en direction du bureau.
- C'est mon patron. Il m'a envoyé un mail ce matin pour me convoquer.

- D'après ce que j'observe, cette rencontre vous inquiète.
- Oui, c'est bien ça. Je pense qu'il va me licencier.
- Ah, je suis désolé pour vous. Mais, permettez-moi d'être indiscret, pour quelle raison devrait-il vous congédier ?

Soudain, Lucie se mit à pleurer. Le simple fait d'évoquer ces derniers mois où elle avait travaillé comme une forcenée, afin de parvenir aux objectifs professionnels fixés par son chef, et de n'avoir pu les atteindre, l'anéantissait. L'homme se rapprocha d'elle gentiment et lui tendit son mouchoir. Il l'écouta raconter, entre deux sanglots, l'énorme charge de travail qui pesait sur ses épaules, et les sacrifices qu'elle avait dû consentir. Malgré son implication, elle n'avait pu parvenir à son but.

L'homme finit par lui dire :

- Tant qu'il y a de la vie, il y a de l'espoir, ma petite. Ne cédez jamais au chantage, et gardez toujours la tête haute.

Elle leva la tête vers lui, étonnée, ne comprenant pas très bien ce qu'il voulait dire.

Il reprit :

- Je vais vous raconter mon histoire et vous allez comprendre…

Il y a quelques années, j'étais à la tête d'une entreprise que j'avais moi-même créée. Elle était florissante. Mon fils travaillait avec moi. Ma secrétaire était une perle : travailleuse, gentille, douce, très patiente avec les clients. Mais elle affichait toujours un regard triste. Je finis par apprendre que son mari était chômeur et qu'avec un enfant à élever, ils avaient du mal à joindre les deux bouts. L'homme en question avait connu une enfance malheureuse. Ayant fait quelques bêtises dans sa jeunesse, il éprouvait des difficultés à s'insérer dans la société, mais il paraissait vouloir repartir du bon pied. J'eus pitié de ce jeune couple et, bien que ma société n'en ait pas vraiment besoin, j'embauchais cette personne. Mal m'en a pris. J'avais fait entrer le loup dans la bergerie.

Il avait organisé des trafics avec certains clients, et avait détourné des marchandises. Son épouse, qu'il avait entrainée dans ses agissements, avait falsifié les comptes. Lorsque je le découvris, je tentai de réagir. Il essaya de me faire entrer dans ses combines, me menaçant de représailles si je refusais. Il me défia : « Si je tombe, vous tomberez aussi, et toute votre famille avec… ».

Je tins bon. Il ne me faisait pas peur. Je portai plainte, puis je licenciai le couple. Même s'il avait menacé de me tuer, je n'aurais pas cédé.

Seulement, je n'ai pas été suffisamment vigilant. Il était très malin. Ce dont je ne me doutais pas, c'est qu'il s'était arrangé pour que la responsabilité des malversations retombe sur mon fils. Celui-ci se sentant acculé, tenta de se suicider. Maintenant il est handicapé. Ma société a été saisie. Tous mes biens ont été vendus aux enchères. Ma femme m'a quitté. Je me suis retrouvé seul, sans argent, sans travail. Après avoir connu l'opulence, j'avais tout perdu. Et l'homme en question monta une autre entreprise avec l'argent qu'il avait détourné.

Heureusement pour moi, je suis très combatif. Il m'a fallu du temps, mais j'ai réussi à m'en sortir. J'ai créé une autre société. J'ai une nouvelle épouse sur qui je peux m'appuyer. Maintenant tout va bien dans ma vie. J'apprécie encore plus ce nouveau bonheur. Et aujourd'hui je suis encore plus heureux. Savez-vous pourquoi ? Parce que l'heure de la vengeance a sonné…

L'homme qui est dans le bureau à côté, et avec qui nous avons rendez-vous, ne sait pas qui je suis. Il comprendra au moment où il me verra. Cet homme n'est rien moins que celui qui a provoqué ma ruine. Je viens lui signifier que son entreprise a été absorbée par la mienne. Que maintenant il va avoir affaire au fisc et à la police car il persiste dans ses malversations. Sa secrétaire est mon cheval de Troie, il s'agit de ma belle-fille qui a fait en sorte de rassembler le maximum de preuves contre lui. Il va devoir rendre des comptes à la justice, et va passer un bon moment derrière les barreaux.

Vous n'avez pas à vous inquiéter, jeune demoiselle, après ma visite, je ne pense pas qu'il aura le cœur de vous recevoir, et encore moins de vous semoncer.

SOMMAIRE

LE PORTRAIT 9

VENGEANCE 17

FAN DE FOOT 23

A LA RECHERCHE DE MON AMOUR PERDU 27

UNE ETRANGERE AU VILLAGE 35

UN PERE NOEL BIEN INQUIETANT 52

LE PIEGE 58

SUR LES TRACES DE SON PERE 77

ANONYME 97

MIMI DESCEND L'ARDECHE 99

COMME UN CONTE DE FEE OU LE BEAU A L'HOPITAL DORMANT 103

UNE FLEUR S'EVEILLE 117

(3^e prix - Concours de nouvelles 2015 - Martigues - Bouches-du-Rhône)

LA VISITE CHEZ LE GYNECOLOGUE 125

L'ARRIVEE DU SPACIOCONE 131

RENAISSANCE 141

LA LETTRE ANONYME 145

(2^e prix Concours de nouvelles - Mortroux - Creuse)

EN ATTENDANT LE BUS 153

L'APPRENTI DETECTIVE 157

TRAHIE	163
HEUREUSE MEPRISE	165
LE NOUVEAU PROFESSEUR	171
LE REVE	179
DILEMME	183
UN HOMME A TERRE	189
TANT QU'IL Y A DE LA VIE, IL Y A DE L'ESPOIR	193